講談社文庫

鬼棲む国、出雲

古事記異聞

高田崇史

講談社

伝承は九分九厘捨てなければならない

幸田露伴

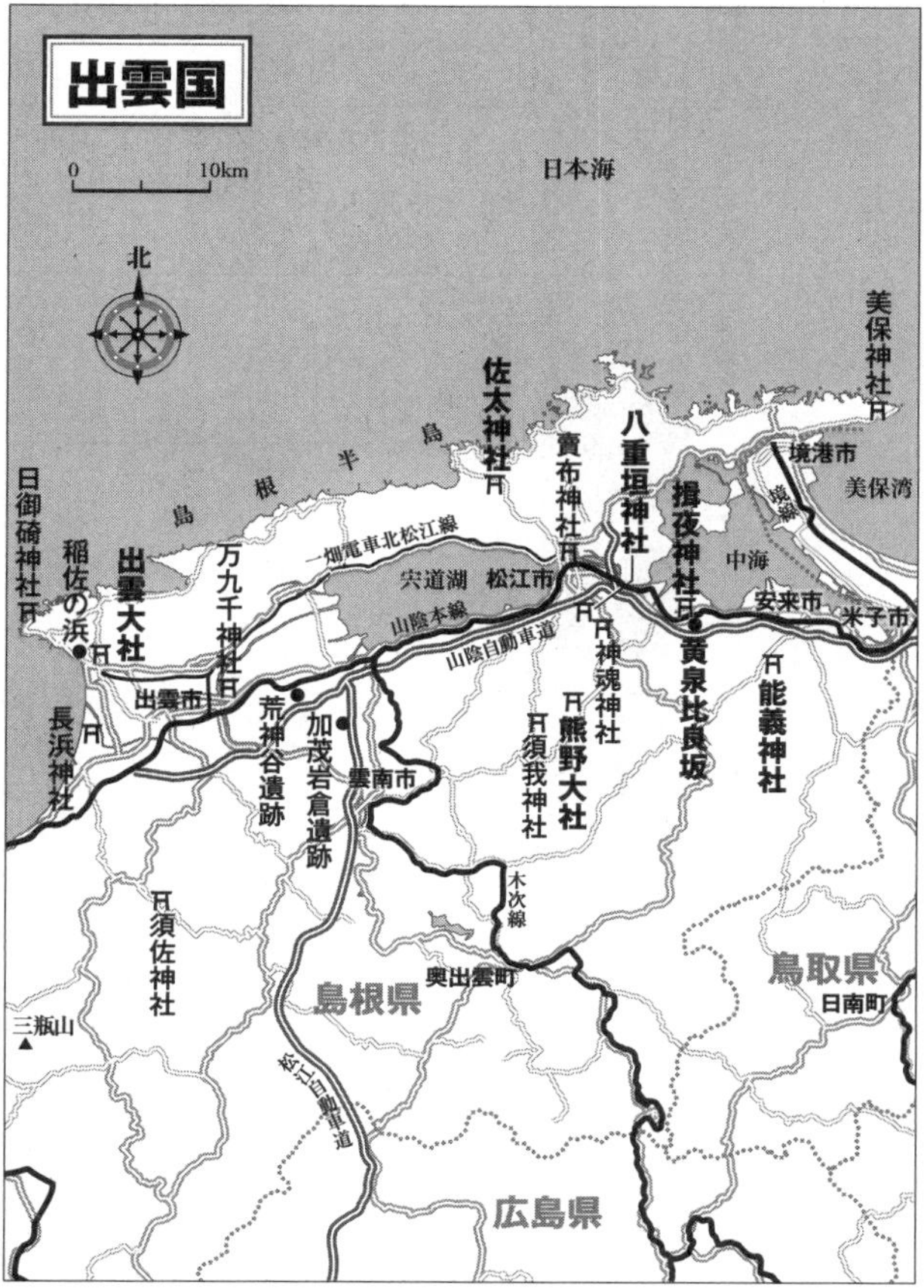
出雲国
0
10km
日本海
北
島根半島
佐太神社
美保神社
境港市
美保湾
境線
賣布神社
八重垣神社
揖夜神社
中海
安来市
米子市
日御碕神社
稲佐の浜
出雲大社
万九千神社
一畑電車北松江線
宍道湖
松江市
山陰本線
山陰自動車道
神魂神社
黄泉比良坂
能義神社
出雲市
長浜神社
荒神谷遺跡
加茂岩倉遺跡
雲南市
熊野大社
須我神社
木次線
須佐神社
島根県
奥出雲町
鳥取県
日南町
三瓶山
松江自動車道
広島県

⊙古事記異聞シリーズ
主要登場人物

橘樹《たちばな》雅《みやび》
新学期から日枝山王大学大学院に進み、民俗学研究室に所属することに。研究テーマは「出雲」。

御子神《みこがみ》伶二《れいじ》
日枝山王大学准教授。民俗学研究室を任されている。別名「冷酷の冷二」。雅の指導教官。

波《なみ》木《き》祥《しょう》子《こ》
日枝山王大学民俗学研究室助教。一日中資料本に目を通している。無口なクール・ビューティー。

金《かな》澤《ざわ》千《ち》鶴《づ》子《こ》
市井の民俗学研究者。かつて水野研究室に在籍していた。京都在住。

水《みず》野《の》史《ふみ》比《ひ》古《こ》
日枝山王大学教授。民俗学研究室主宰。民俗学界の異端児。

目次

鬼棲む国、出雲　古事記異聞

《プロローグ》

三月は何かと忙しい。

その上、季節のバランスも悪い。

それはきっと、寒く重い冬から暖かく軽やかな春に向かって、地上のあらゆる生命が一斉に活動を始めるからだ。啓蟄《けいちつ》、ひな祭（雛流し）、彼岸、春分。全ての事象が、静から動、死から生へと向かって動き出す。だから、街のあちらこちらが騒がしくなる。

そういう自分も同じ。

橘樹雅《たちばなみやび》は、四年間通い慣れた東京・麴町《こうじまち》の「日枝山王《ひえさんのう》大学」キャンパスを横切り、民俗学研究室へと向かった。今年、無事に大学を卒業して、四月から大学院へと進むのだ。

雅は「乙女座・B型」。真面目で誠実で几帳面《きちょうめん》で謙虚。その一方、自由奔放でユニークな発想を持つタイプ――。

なんと研究者向きの性格なのだろう！

こつこつと地味に資料を集めて、じっくりと読み込み、なおかつ誰も考えていなかったような奇抜な発想で研究成果を上げる。

完璧だ。

しかし、そんな話を同級生にすると、

「さすがB型。楽天主義者ね」

と笑われた……。

雅は、C棟の階段を上る。

本当のところを言ってしまえば、去年までは、ごく普通に就職するつもりでいた。一流企業に入って、バリバリと仕事をこなして、やはり同じように仕事のできる男性と巡り会って、恋に落ちて。

そんな、ごくありきたりの、出来過ぎたストーリーを頭に描いていた。しかし、最も行きたかった企業に落ち、更に第二、第三志望の商社も落ちてしまった。

違う！　私が「落ち」たかったのは、エリートサラリーマンとの「恋」なのに――と心の中で叫んでいるうちに、気分も落ち込んで、最終的には両親の許諾を得て、そのまま大学院に進むことにした。つまり、正直に告白してしまうと、逃避ともいえる選択だったのだ（もちろんそんなネガティヴな真実は、誰にも告げていない。自分の心の中にだけ固く仕舞い込んでいる）。

また、これは後づけの言い訳でも何でもなく本当のことなのだが、民俗学を教えてくれていた水野史比古《みずのふみひこ》は、とても素敵な教授だった。

雅は、すぐに水野の講義に惹《ひ》かれた。

初めての授業では、チョークを一本だけ持って教室に入ってくると、

「ぼくの誕生日は二月七日なんですが、同じ誕生日の人はいますか」

などと言い出した。すると、一人の男子学生が手を挙げたので、水野は彼に尋ねた。

「その日は歴史的にいうと、何の日ですか？」

答えられずに彼が困っていると、

「もちろん、寿永《じゅえい》三年（一一八四）源平、一ノ谷の合戦の日です」などと言う。「ちなみにきみは、源氏系の顔をしているようですが、名字と家紋は？」

彼は名字を伝えたが「家紋は分かりません」と答える。すると水野は、

「折角ですので、今度お墓参りに行かれた時に、きちんと確認してください」

と変なアドバイスをする。

「ちなみにぼくの水野家の家紋は、亀甲内沢瀉《きっこうないおもだか》です。ということは、清和源氏の流れでしょうが、亀甲が加わっているところをみると、おそらく出雲系であると思われます。以上で、自己紹介を終わります」

どういう自己紹介なのか、果たしてこんな話が民俗学と関係あるのか、唖然としている雅たちの前で、

「では、今日は『神葬《しんそう》』についてです」

と言って、淡々と授業を始めた。

出席確認も緩かったのを良いことに、段々と聴講する学生が減っていったが、雅は毎回出席した。というのも、水野の解説してくれる浦島太郎の正体や羽衣伝説の本当の舞台の話にしても、遠野のオシラ様などに関しても、初めて耳にする解釈だらけだったからだ。

やがて雅は、水野の研究室にも遊びに行くようになり、ますます水野にも民俗学にも興味を惹かれ始めた。だから、大学院に進むことを考えた時には、ためらうことなく水野研究室に決め、すぐに許可をもらいに行き、あっさりと「良いでしょう」と言われた。

ところが！

水野は突然「サバティカル・イヤー」で長期休暇を取るのだという。単身、ネパールやインドをまわることにしたらしい。

ショックだった。

だが、それ以上に今、重くのしかかっている問題がある。

水野不在の間は、准教授の御子神《みこがみ》伶二《れいじ》が、研究室を任されることになった。

バラリと前に垂らした黒髪と、青白い顔にギラリと光る瞳の男性。雅は、そんな御子神を見た瞬間、幕末の京都でうろついていたという脱藩浪人たちは、こんなオーラを発していたのではないか、と肌で感じた。

彼と直接接したことのない女子学生たちの間では、イケメン准教授という噂もあるらしいが、雅は苦手。

というのも御子神は常に、これ以上愛想を悪くしようがないほどの態度で学生たちに接するのだ。愛想の良いのも不気味だが、しかしあそこまで冷淡な態度を取らなくても良いのではないかと思う。相手を不愉快にさせることが趣味なのではないかと、勘ぐってしまうほどだった。

学生たちからは「伶二」ではなく「冷酷の冷二」といわれていた。その話が本人の

耳にも入ってしまったようだが、御子神は、

「伶も冷も、姓名判断の画数は同じなので一向に構わない」

と言い放ったらしい。

そんな御子神の下で研究を始めなくてはならないのが、雅の当面の悩みだった。

だが、こうなってしまった以上は仕方ない。一年経てば水野も戻ってくる。それまでの辛抱だ。

そう自分に言い聞かせながら雅は、

「失礼します」

と言って研究室のドアを開けた。

《雲出づる国》

髪——特に女性の髪には「神」が宿るという。

それは、髪が人間の体で天界に最も近い「上《かみ》」に位置しているためともいわれるが、おそらくそれだけの理由ではないだろう。もっとおどろおどろしい何かを包みこんでいるからなのではないか。

ここで改めて特徴的な髪を持つ物の怪《もののけ》たち——髪鬼《かみおに》や、おとろしや、毛倡妓《けじょうろう》。また、ギリシャ神話のメドゥーサなどを持ち出すまでもない。ごく一般的な昔の貴族たちが描かれている「源氏物語絵巻」や歌仙絵を見れば一目瞭然だ。十二単《ひとえ》を身にまとった女性たちの黒髪は異様に長く、暗い情念を抱えた生き物のように、彼女たちの体に重くまとわりついている。

中でも、特に高貴な女性たちは、こちらに背中を向けており、顔は描かれていない。それは、高貴な女性の顔を見ることが失礼とされているからと説明されているが、むしろ「長い黒髪を見せる」ために、わざと後ろ向きになっているのではないかと邪推してしまう。それほどまでに髪は、女性そのものと考えられてきたのだろう。

また、現世の自分と別れを告げて仏門に入る際には、必ず髪を下ろす。そういう意味では、失恋時に髪を切るというような世俗的行為も、過去の自分と別れて新たなる人生を歩み出すための、実に正統な「祭祀《さいし》」であるといえないか。

そうであれば、その髪を梳《と》かし、美しく飾り立てる目的の「櫛《くし》」。神的な「髪」に深く関与しているからには、これは間違いなく、非常に高次元の呪物《じゆぶつ》だ。

ゆえに、梳《くしけず》ることも、ただ髪を美しく整えるという以上に、知らぬうちに自分の髪に宿ってしまった「何か」を払い落とし、自分自身の清浄を保つための行為なのかも知れない。但し、その何かが「神」なのか「魔」なのかは、分かりようがないにしても。

いや。

そもそも「神」も「魔」も、同じモノだ——。

今こうして思い出せば、私も幼い頃から、櫛は人に贈ってはいけないし、また道に落ちていたとしても拾ってはいけないと、大人たちから強く言い聞かせられて育ってきた。それは「櫛」が「苦《く》・死《し》」に通じるという迷信だったのだろうし、もしくは、櫛は必ず「歯が欠ける」縁起の悪い物だからという意味も含んでいたに違いない。

だが、実のところ最も大きな理由は「櫛」が、その持ち主の「神」や「魔」に関わっている物だったからではないのか。だから、他人の関与は最低限に留めておく。それを昔の人間は、誰もが日常的に認識していたのだ。

となると「櫛」から派生する「簪《かんざし》」も、同様に「神」に関与していることになる。ちなみにこちらの名称は「髪刺し」であり、髪に花を挿《さ》す「髪挿し」からきているともいわれる。

しかし、私は思う。

この「かんざし」という名称は、本来「神刺し」だったのではないか。つまり「神」を自分の髪に留めるための行為……。

そう考えれば、簪もまた立派な呪物だ。実際に昔は、簪を女性の護身具として、あるいは毒を塗布して暗殺用の武器としても使用したという。

まさに、相手に「苦・死」を与える呪物だ――。

そう確信して私は、手の中で禍々《まがまが》しい光を放っている、金色の簪に目を落とした。

＊

嫌な事件だ。

島根県警捜査一課警部・藤平徹《ふじひらとおる》は、部下の松原将太《まつばらしょうた》の運転する車の助手席で手元の報告書に目を通しながら、大きく鼻を鳴らした。

松江《まつえ》市東出雲《ひがしいずも》町の揖夜《いや》神社に勤めていた巫女・菅原陽子《すがわらあきこ》四十四歳が、何者かに絞殺された。犯人は、被害者の身につけていたサイフなどの持ち物には手を触れた様子もなかった上、その殺害状況から、動機は怨恨《えんこん》だろうと推察されている。

陽子は絞殺された後に、背中まであった黒髪をバッサリと切り落とされていたのだ。それどころか更に、左の眼球に金色の簪を深々と突き立てられていた――。

常識的には、犯人は一刻も早く殺害現場から立ち去りたいはずだ。しかし今回、犯行後わざわざこんな行為に及んでいる。この犯人は、悪意ある猟奇的な人間だったのか。あるいは被害者に対して非常に激しい怨恨を抱いていたのか。多分、そのどちらかなのだろうが、ただそれにしても……。

現場は「東出雲町・黄泉比良坂《よもつひらさか》」。

そんな場所で殺人事件とは。

藤平は頭をボリボリと掻いた。

この場所は、藤平が殆《ほとん》ど帰っていない実家からもそう遠くない。子供の頃、祖父母から黄泉比良坂の話を何度も聞かされたし、恐いもの見たさで何回か遊びにも行っている。聞いた話の内容をすっかり覚えてしまっていたせいなのか、それともやはり本当に特別な空間なのか、行くたびに背中に冷たいモノがざわめくのを感じた。

藤平は腕を組んで軽く目を閉じる——。


黄泉比良坂。

遠い昔。まだ、わが国が定まっていなかった頃。

伊弉諾尊《いざなぎのみこと》と伊弉冉尊《いざなみ》は、二人協力して多くの国土や神々を生んだ。ところが伊弉冉尊は、火の神をお産みになった際に、女陰に火傷を負って亡くなってしまう。

しかし、どうしても伊弉冉尊を忘れられない伊弉諾尊は、彼女に会うために黄泉国へと出かけて行く。だが伊弉冉尊は、自分はすでに黄泉国の食べ物を口にしてしまったからと言って、姿を見せようとはしない。それでも必死に頼む伊弉諾尊に向かって彼女は、では黄泉国の神々と相談するので、御殿の外で待っていて欲しいと言う。

ところが、いくら待っていても姿を見せない彼女に痺《しび》れを切らせた伊弉諾尊は決心して扉を開け、自分の髪に挿していた櫛の歯を一本折って火をつけると、辺りを見回した。すると、驚いたことにそこには、腐り果てて全身に蛆《うじ》が湧《わ》き、いくつもの恐ろしい雷《いかずち》を身にまとった伊弉冉尊がいたではないか。

その姿を目にした伊弉諾尊は恐れおののき、あわてて逃げ帰ろうとする。それを知った伊弉冉尊は、

「こちらに来てはいけないと約束したのに、それを破り、私に恥をかかせたな」

と激しく怒り、黄泉国の鬼女たちに命じて伊弉諾尊を追わせた。そこで彼は、逃げながら自分の髪に飾ってあった葛《かずら》や櫛を投げる。するとそれらはブドウや筍《たけのこ》に変わり、鬼女たちがそれを食べている間に、伊弉諾尊は何とか黄泉国とこの世との境である黄泉比良坂まで辿り着いた。そして、そこに生えていた桃の木から実をもぎ取って投げつけると、鬼女たちは、ようやくのことで退散する。

だがその後ろから、恐ろしい形相《ぎょうそう》の伊弉冉尊が追いかけてきた。あわてて伊弉諾尊は、千人でやっと動かせるような大きな岩を引っ張ってきて、黄泉比良坂を塞《ふさ》いだ。

すると、その行動に怒った伊弉冉尊は、

ている。

「この仕返しに、あなたの国の人間を、毎日千人ずつ殺す」

と叫ぶ。そこで伊弉諾尊は、

「それならば私は、一日に千五百の産屋《うぶや》を建てよう」

と答えた。ゆえにそれ以来、わが国の人口は増え続けているのだという——。

また同時にこの場所は、出雲大社の主祭神である大国主命《おおくにぬしのみこと》が、妻神の須勢理姫《すせりひめ》を連れて黄泉国から戻って来られた坂でもあるといわれ、現在では「塞《さえ》の神」が祀《まつ》られている。

〝まさに、あの世とこの世の境目だな〟

心の中で頷《うなず》いていると、

「警部。到着しました」

という松原の言葉が聞こえ、藤平は目を開いた。

松江市街から車でわずか三十分ほどの場所だが、中海《なかのうみ》と山に挟まれたこの土地は緑が深く濃い。藤平が車から降りると、やはり松江市街とは違う匂いがした。それは、懐かしい香りであると同時に、幼い頃に嗅いだ微かに不吉な臭いだった。

藤平は松原と共に、現場へと向かう。

説明板には『古事記』に「かれ、その謂《い》はゆる黄泉比良坂は、今出雲国の伊賦夜坂《いふやさか》と謂ふ」と載っている場所が、ここであると書かれていた。そして近くに立っている木の板には、

「この先　塞の神
この小道　伊賦夜坂」

と墨書されている。

昔のままだ。そして、これも昔のように鬱蒼《うっそう》と繁っている木々に覆われた中を、一本の細い坂道が延びている。

藤平たちは、それを横目に見て左手方向に歩く。目の前に現れた小さな池と、反対側の急な斜面の間に、田んぼの畔道《あぜみち》のような細い道が続いている。右に踏み外せば池の中、左に踏み外せば坂を転がり落ちる。さすが、あの世とこの世との境目。取ってつけたようなシチュエーションだ、と藤平は思う。

だが最近この辺りは「縁結びのパワースポット」だとか言われて、若者たちの間では人気の場所になっていると聞いた。小難しい話は分からないが、しかしここが、そんな目出度《めでた》い場所ではないことは、藤平は子供の頃から知っている。

すぐ向こうに、古い二本の石の柱が現れ、その間に緩く注連縄《しめなわ》が渡されている。箇

素な——というより、おそらくこれが鳥居の原型だったのかも知れない。

しかし今はその前に、そんな古代日本とは全くかけ離れた姿の警官が立ち、鳥居の向こう側には、苔《こけ》むして擦《かす》れてしまった文字が刻まれた石碑が建っている。

藤平たちは低い注連縄をくぐった。

この、人の身長を超えるような大きな岩が転がっている狭い空間が「黄泉比良坂」の入口。この世とあの世との境目だ。

藤平は鑑識に挨拶すると、私服のまま地べたに仰向けに横たわっている被害者の遺体に近づいた。改めて覗き込むまでもなく、報告書にあった通り、被害者の物と思われる髪の毛が辺りに散乱し、左眼には金色の飾り玉のついた簪が突き立っていた。

藤平は顔見知りの鑑識に声をかけ、死因は絞殺で間違いなさそうかねと訊いた。

すると、

「ええ」と鑑識は、藤平たちを見て頷く。「被害者の首には、まるで検案見本のように綺麗な索条痕がありましたので。死亡時刻は、おそらく昨夜遅くから、今日未明にかけてでしょう」

「そして、死後に」藤平は、遺体を指差しながら尋ねた。「この簪が、突き立てられた？」

「実に見事に突き刺さっていますからね。被害者が少しでも動いたら、こうはいかなかったでしょう」

「突き刺した理由は？」

「想像もつきません」

「確かに」松原も顔をしかめた。「たとえば、鋭利に尖《とが》らせた簪を被害者の体のどこかに突き刺して、その隙に首を絞めたというわけではなさそうで、順番が逆です」

「簪から、毒物などは？」

「そこまでは」鑑識は肩を竦《すく》めた。「今のところ何とも言えませんが、おそらくないと思いますよ。被害者の死亡が先でしょうから、そんな面倒なことはしないでしょう。簪は、地面と直角に突き刺さっていますからね」

「ふん」と藤平は納得する。

被害者の体を地面の上に寝かせて、上から思いきり突き刺したというわけか……。

「警部」と松原が尋ねてきた。「この被害者の髪が切られていることと、簪とは、何か関連性があるんですかね？」

それは藤平も知りたいことだったが、

「簪からは、今のところ指紋が検出されていませんので」と鑑識が口を開いた。「これが被害者の持ち物だったかどうかは、まだ分かりませんが、多分、無関係でしょう。まさか、被害者が挿していた簪を抜き取るために、髪を切るなんてことはあり得ませんし、そもそも簪を挿すのは、頭頂部に近い部分ですから。あの櫛のように」

鑑識は、陽子の髪に挿さっている、つげの飾り櫛を指差した。その櫛は、ごく普通に見られる、なだらかなカーヴを描いた朱色の櫛で、綺麗な蒔絵《まきえ》のような花模様が金色に刻まれている。陽子の乱れた黒髪の中で、ひときわ輝きを放っていた。

「あと」と鑑識はつけ加える。「被害者の髪は、ザックリと見事に切断されているんですよ。ということは、この犯人はその場の思いつきや衝動ではなく、最初からその目的を持って被害者を襲ったんでしょう。大きな散髪バサミのような物を持参して」

「ほう」と藤平は自分の顎《あご》を撫《な》でた。「それならば、最初からそっちを凶器にしそうなもんだが、それは使わなかったってことか」

ええ、と鑑識は頷く。

「ハサミは、髪を切る目的だけに使われたもようです。もちろん、それで脅した可能性はありますが」

「じゃあ、ひょっとすると、この簪も犯人が用意してきたという可能性があるかも知れないな。殺害後、被害者の左眼に突き立てるために」

その言葉に、松原と鑑識が目を見合わせて首を捻《ひね》ったのを合図に、藤平たちは現場を離れた。陽子の勤務先であり、この事件の第一発見者が控えている、揖夜神社に移動するのだ。ちなみにこの神社は、黄泉国から追いかけて来た伊弉冉尊を、黄泉津大《よもつおお》神《かみ》として祀っている。

藤平たちは、揖夜神社に到着すると駐車場に車を停めた。そして、その脇に立てられた由緒書きに、チラリと目をやると、

奈良時代に中央政権が編纂した『日本書紀』の斉明天皇五年（六五九）に、この年、出雲国造《いずものくにのみやつこ》に命ぜられて神の宮（意宇《おう》郡の熊野《くまの》大社）を修造させられた。そのとき狐が、意宇郡の役夫の採ってきた葛《かずら》（宮造りの用材）を噛み切って逃げた。また犬が死人の腕を、揖屋神社《いうやのやしろ》のところに噛《く》って置いていた——。

などと書かれていた。それらを横目で眺めながら、藤平たちは社務所へと向かう。

十五段ほどの石段を上ると、そこにもまた二本の石柱に注連縄が渡された簡素な鳥居があった。その先には、年季の入った神門が見える。二人はそれらをくぐって境内に入ると、太く大きな注連縄の飾られている拝殿を眺めながら社務所に入る。中に

は、沈鬱な面持ちの宮司や社務員と共に、壮年の男性が警官につき添われたまま、肩を落としてイスに腰掛けていた。遺体の第一発見者だ。

藤平たちは皆に挨拶すると、磯山源次《いそやまげんじ》と名乗った男性に向き合う。ひょっとすると顔見知りという可能性も考えていたが、藤平の知らない男性だった。それもそのはずで磯山は、定年退職後、こちらの東出雲に引っ越してきたらしかった。しかし、こちらにやって来て二年足らずのうちにこんな体験をするとは……と、磯山は大きく嘆息した。

話を聞けば磯山は、頻繁《ひんぱん》に黄泉比良坂にやって来ているわけではなく、今回、何とかという映画のロケ地になるらしいという話を耳にして、朝の散歩がてらに足を運んでみたのだという。

そして、大きな岩の前に横たわっていた陽子の遺体を発見してしまった——。

磯山は、肩を落としたままで言う。

「あそこが、そういった場所だということは、説明書きなんかを読んで知っていたもんで、心底びっくりしてしまって……あわてて警察へ」

「その時は」と藤平は確認する。「すでに被害者は、亡くなっておられましたか？」

「そこまでは、きちんと確認なんかできなかったですけど、そうだったんじゃないんですか。何しろ、あんな状況だったもんで」

それはそうだろう。

左眼に金色の簪を突き立てたまま、地面に横たわっていたのだから。

「なので」と磯山は、震える声で続けた。「あわてて走って戻ったもんで、何度も池に落ちそうになりました」

「念のためにお尋ねしますが、被害者と面識は？」

その問いに、無言のままブルブルと首を横に振る磯山の連絡先の聴取などを松原に任せて、藤平は宮司に尋ねた。

「その後、こちらの神社に連絡が入ったわけですね」

はい、と宮司は硬い表情で頷く。

「私たちも毎日、朝晩あちらには参りますが、今朝は祭礼の準備などがありまして、少し遅れていました。すると、警察の方から突然、あの場所で誰かが亡くなっているようだという連絡がありまして、あわてて駆けつけると、うちの巫女の……」

「菅原陽子さんだった、と」

「ええ……」

肩を震わせながら、宮司は続けた。

「珍しく出社が遅かったもので……何かあったのかと思い、心配していたところでした……もう少ししたら、自宅に連絡してみようかとも思っていました」

「被害者のご家族は？」

「安来《やすぎ》の方にご両親がいらっしゃるということでしたが、彼女は独身で、この近くに一人住まいしていました……」

「なるほど」

藤平が頷きながら、その他、陽子の勤務状況など細かい質問をしていた時、

「宮司さんっ」

大きな声がして、三十代前半と思われる女性が、社務所に飛び込んで来た。

「何かあったんですか！」

と叫んでからその女性は、藤平たちに気づき、

「あ……」と口を閉ざした。「すみません……」

そこで藤平と松原は、警察手帳を提示して名乗ると、

「あなたは？」

その女性に尋ねた。すると女性は、目を見開いて大きく深呼吸してから、不安そうに宮司を見た。しかし、宮司がゆっくりと頷いたのを確認して口を開く。

「わ、私は……この神社の氏子で……大西留美《おおにしるみ》といいます……」

藤平が話を聞けば、留美は神社の近くに住んでいる女性で、殺害された陽子とも非常に仲が良かったという。今日も神社にやって来るその途中で、黄泉比良坂に人だかりがあり、また警察関係者の姿も大勢見えたので、何か事件でも起こったのかと近所の人に訊いたところ、誰だかは分からないけれど、揖夜神社の巫女さんが殺されたらしい、という話だった。そこで、あわててこちらに向かい、宮司か陽子に詳しい話を聞こうと思った――ということらしかった。

そこで松原が、事件の説明をする。

すると留美は、

「陽子さんが殺されたって――」目を大きく見開き「まさか、嘘でしょう!」

喉《のど》が詰まったような声で叫ぶと、その場にくずおれてしまった。それを松原や宮司が抱え起こし、社務員に言って水を持って来させると、それを一口飲んでやっと落ち着いた頃に、

「こんな状況の時に申し訳ないのですが」

藤平は前置きしてから、留美に陽子との関係などを尋ねた。そして、

「あなたは、被害者ととても親しかったご様子なのでお訊きします。ひょっとして被

害者の陽子さんが、誰かに恨みを買っていたなどというお話を聞いたことは？」

えっ、と留美は不審そうな顔を上げた。

「そんなこと、全くありません！　宮司さんたちもご存じだと思いますけれど、あの人はいつも親切で、特に私なんかの相談事にも、とても親身に乗ってくれて」

「差し支えがなければですが、その相談事とはたとえば？」

「それは……」

留美は言い淀むと、藤平から視線を逸らせて俯《うつむ》いた。そして突然、体を震わせるようにして続ける。

「個人的な話なので、今ここでは……いえ、何でもないです……」

「そうですか」

藤平は松原と視線を交わした。

「あと、最後に皆さんにお尋ねしたいんですが、陽子さんは日頃から、金色の簪やつげの櫛を愛用されていましたか？」

「どういうことですか？」

不審そうに尋ね返す宮司に藤平は、現場に落ちていたと、少しオブラートに包んで返答した。

するとと全員でそれぞれの顔を見合わせていたが、やがて留美が口を開いた。

「少なくとも私は、見たことがありません」

すると宮司たちも、大きく首肯する。その光景を見て藤平は、

「ありがとうございました。また何か新しく進展があった時には、再び皆さんからお話を聞かなくてはなりませんので、申し訳ありませんがよろしくお願いします」

と軽く一礼して社務所を出た。

二人は駐車場で車に乗り込み、松原がエンジンキーを捻った時、藤平は呟《つぶや》くように言った。

「これは、あくまでも俺の直感だが、あの大西留美からは、改めて事情聴取する必要が出てくるかも知れないような気がする」

その言葉に松原は頷きながら、アクセルを踏み込んだ。

*

雅は、民俗学研究室のドアを開けた途端に、憂鬱になる。

部屋の中には御子神と、もう一人、こちらも殆ど口をきかずに一日を過ごしている

助教の、波木祥子《なみきしょうこ》がいるだけだった。二人とも、それぞれ自分の机の前で、年季の入ったぶ厚い資料に目を通していた。本のページをめくる以外の物音一つしない。静けさは、間違いなく図書館以上だ。

おずおずと小声で挨拶すると、御子神はバラリと垂れた漆黒の前髪の間から、じろりと雅を見た。

「橘樹くん……だったね」

「はい。橘樹雅です」できる限り小さな声で、引きつった愛想笑いと共に答える。

「珍しい名字だといわれます」

「そんなことはない」御子神は、ニコリともせずに言った。「日本武尊《やまとたける》のために命を落とした弟 橘 媛《おとたちばなひめ》を祀っている土地の名称に、良く見られる」

「はあ……」

「ちなみに彼女は、東郷平八郎《とうごうへいはちろう》や、乃木希典《のぎまれすけ》が言ったように『女子の亀鑑《きかん》』などではなく、不本意ながら、いや、不本意ながら犠牲になったわけだが」

「不本意ながら？」

「もちろんだ」

「そう……なんですね」

「あと、きみの名前の『雅』は、烏《からす》を表している『雅』だな」

「は？　いいえ。優雅の『雅』です」

「では、同じだ」御子神は吐き捨てるように言う。「『雅』――カラスは、あの世からの使いであると共に、日本神話の八咫烏《やたがらす》がそう言い伝えられているように『二股膏《ふたまたごう》薬《やく》』で、善悪どちらにも転ぶという二面性を持っている。それを常に意識しながら、しっかり研究に励むように」

さすがに少しカチンときた雅は、顔をこわばらせながらも、尋ね返す。

「御子神先生の『伶』は、令人などと使われるから、立派なお名前なんですね」

すると、

「『伶』は、俳優《わざおぎ》や楽人のことだ」と答える。「つまり昔の、身分の低い召使いだ」

「え……」

それで、と言って、ようやく御子神は雅に体ごと向き直った。

「橘樹くんの研究テーマは？」

「は、はい」突然の本題に、雅は体を硬くしながら答えた。「ええと……出雲から入ってみよう、と考えています」

「出雲の何を調べるつもりなのかな」

「い、いえ……」雅は思わず視線を逸らせた。「まだ、そこまで具体的には……」

実を言えば、昨日決めたばかりなのだ。

しかも、その理由は、間違っても御子神には伝えられない。

というのも——。


雅はテーマを色々と悩んだ末に、やはり伊勢か出雲にしようと決めた。これらの有名所ならば、民俗学的にも歴史学的にも、たくさん資料を集められるだろう。更に。

出雲大社といえば「縁結び」の地！

学生時代に少しだけつき合ったカレシとも別れて、現在特に淋しいというわけではないけれど、カレシがいれば陰気な研究室のことも、それほど気にならなくなるだろう。となれば、やはり「縁結び」の出雲だ。出雲空港も、もうすぐ「出雲縁結び空港」という名称になるらしいと聞いているし、日本一の「美人の湯」の玉造《たまつくり》温泉もある。

しかも、近辺には素戔嗚《すさのお》尊と、彼の妻神である稲田《いなだ》姫を祀っている八重垣神社という、全国的にも有名な「縁結び」の神社があったはず。そして、その神社の「鏡の池」に紙を浮かべて占う「縁結び占い」が非常に当たるという評判なのだ！

これはもう、迷う余地などない。

研究と個人的願望の一石二鳥。

それに、三重県の伊勢神宮は、学生時代に友人たちと一度だけだが参拝したことがあるが、島根県の出雲大社は東京から遠いこともあって、まだ一度も足を運んだことがない。だからこの機会に、ぜひ行ってみたい。そこで、神々が集う国、出雲を研究しようと決めた。

すると雅の言葉に御子神は、

「出雲は、良いテーマだ」と珍しく賞めてくれた。「ぼくも、長い間研究している」

「えっ」

御子神の得意分野なのか……。

嫌な予感に襲われた雅に、御子神は言う。

「特に今年は四月から、六十年ぶりの大遷宮の嚆矢《こうし》として『仮殿遷座祭《かりでんせんざさい》』が執り行われるから、とてもタイムリーだ」

え。

そうだったの……。

雅は全く知らなかったが、御子神が言うのなら、そうなんだろう。ぎこちなく首肯する雅に、御子神は続けた。

「出雲は、きみが想像しているより遥かに深いことは間違いない。しっかりと、研究を進めるように」

「はい。頑張ります！」

今度は、力強く頷く雅に向かって、

「それで、橘樹くんは」御子神はつけ加えた。「当然、『出雲国風土記』を読んでいることと思うが、あの風土記に関する最大の謎を押さえているか」

はい、と雅は胸を張って即答した。

「やはり日本神話史上の一大スペクタクルとも言える素戔嗚尊の八岐大蛇《やまたのおろち》退治の話が載っていない点だと思います。これは歴史学の分野に踏み込むことになるかも知れませんが、その辺りの事情に関しても、もちろん調べるつもりでいます」

その答えを聞いて御子神は、

「それは」と苦笑した。「二番目以降の問題だ。もっと大きな謎がある」

「えっ」雅は思わず身を乗り出した。「それは何なんですか？」

「それを調べるのが、きみの研究だろう」

「は、はい……」

体を硬くして頷く雅に、御子神は更に尋ねる。

「あと、出雲国四大神《よんおおかみ》に関しては？」

「四大神？」

雅は動揺する。

そんなこと、授業で習った？

手のひらに、じわりと汗を滲《にじ》ませながら、

「い、いえ。すみません」雅は謝った。「勉強不足で……」

「確かに勉強不足だが、では、出雲の神といえば？」

「い、出雲大社の大国主命。熊野大社の素戔嗚尊。あとは——」

「もういい」

と御子神は、雅の言葉を冷たく遮《さえぎ》って再び自分の机に向き直ると、雅に背を向けたまま資料をめくり始めた。

「今の回答だけで、橘樹くんが出雲を殆ど理解できていないことが充分に分かった」

「えっ——」

「どういう理由で水野教授が、きみの入室に許可を下したのかはそれこそ謎だが、おそらく出雲はきみにとって、非常に研究のやり甲斐あるテーマであることだけは確かなようだ」

その言葉に、今まで雅たちの会話に全く反応していなかった波木祥子の横顔が、ふっと笑った。しかし、祥子は相変わらず資料から視線を外すことはなかった。

そしてやはり、資料に目を落としたままの御子神が、雅に言った。

「ぜひ、頑張ってくれ」

研究室からの帰り道。

雅は唇を嚙みしめながら、キャンパスを歩いた。

確かに、いいかげんな気持ちで入室を希望したのは自分だ。

でも、それにしたって、あんな言い方はないと思う。何なの、あの傲慢《ごうまん》で刺々《とげとげ》しい言葉遣いは。あれはそもそも、学生に何かを教えようという態度ではない。

それに、波木祥子のあの嗤《わら》い。

これから研究を始めるんだから、知らないことが多くて当たり前ではないか。あの人たちは、それくらいの広い心を持ち合わせていないのか。自分らは、水野教授について色々と教えてもらっているくせに。

それに、雅の知識が余りにも不足しているというなら、それはこの日枝山王大学のカリキュラムのせいだ。民俗学と日本史は「優」だったのだから！

余りにも腹が立ったので、雅は帰り道でワインを一本買うことにした。ヤケ酒ではないけれど、今晩自分の部屋で飲む。

大きなスーパーで物色していると、ふと一本の国産の赤ワインが目に留まった。というのも、そのちょっとお洒落《しやれ》なボトルのラベルには、

「奥出雲ワイン」

と印刷されていたからだ。

奥出雲は、まさに素戔嗚尊が八岐大蛇を退治したといわれている土地。

今日はこれだ。帰ったら、このワインを飲み干す！

雅はボトルをわしづかみにすると、大股でレジへと向かった。


家に戻ると「お帰りなさい」と母親の塔子《とうこ》が迎えてくれた。父親の建《たつる》は今日も遅くなるという連絡が入ったから、夕食は二人だけですませようということだった。

一昨年までは、姉のはつせも一緒に住んでいたのだが、結婚して家を出てしまい、

今は両親と三人暮らし。

雅も四月から家を出て独り暮らしを始める予定になっている。この実家から大学まで一時間と少しだから、それほど遠くないのだが、田園都市線の外れなので朝のラッシュが文字通り地獄になる。学生のうちは、微妙に時間帯をずらして乗ることができたのだが、これからはそうもいかない。最初の頃だけでも、朝早く出勤する御子神より先に部屋にいなくては。特に、あの御子神だ。遅刻などしようものなら、どんな嫌味を言われるか想像もできない……。

雅は塔子に買って来た赤ワインを見せ、まだ夕食はいらないからと告げると、塔子は無言のまま呆《あき》れたように肩を竦めた。

「たまには、母さんも飲む？」

尋ねる雅に、塔子は首を横に振った。

「すぐに眠くなっちゃうから、母さんはいいわ。一人で飲みなさい。どうせ今日中に空けちゃうんでしょう」

「多分」

以前に家で、赤ワインのフルボトルを一人で二本半空けて倒れたことがあったが、さすがにもうそんなことはしない。

「でも、今から調べ物する」

と言って雅は、夕食を二時間後にしてもらい、ワインの栓を抜くと厚切りのフランスパンを一切れ、そして大振りのワイングラスを手に、二階の自分の部屋へ入った。

すぐにパソコンの電源を入れると、書棚から出雲の関連資料を抜き出して、机の上に置いたグラスになみなみと「奥出雲ワイン」を注ぎ、まずは一口飲む。

想像していた以上に香りも立ち、とてもフルーティなのにコクがある。これならば、一本楽勝だ。

〝さて！〟

雅は資料を眺める。

まずは御子神に冷たくあしらわれる原因となった「出雲国四大神」からだ。

雅はワイングラスを片手に調べ始める。

すると、恥ずかしいことに——。

〝全然、知らなかった……〟

半ば、茫然自失に陥《おちい》る。

これらの神は『出雲国風土記』にも載っているし、歴史学や民俗学の専門家でなくとも、少し出雲に触れたことのある人間にとっては、ほぼ常識だったらしい。自分から、出雲を研究したいなどと言っておきながらこれでは洒落にならない。

確かに『風土記』の中で「大神」と表されている神は、次の四柱だけだった。

一、出雲郡、杵築《きづき》の大社《おおやしろ》・大国主命。
二、意宇《おう》郡、熊野の大社・熊野大神櫛御気野命《くしみけぬ》。
三、島根郡、佐太大神社《さだおおかみのやしろ》・佐太大神。
四、意宇郡、野城《のき》の社・野城大神。

ちなみに、二番目の「熊野大神櫛御気野命」は、素戔嗚尊のことととされている。

ただ、一部の人々の間には、櫛御気野命と素戔嗚尊は別の神だという説があるが、現在では同体という説の方が一般的だ。事実、和歌山・熊野本宮大社の主祭神である、家都美御子《けつみみこ》大神は、素戔嗚尊であるといわれているし、こちらの出雲の社は「元熊野」と呼ばれているというから、おそらくそれで間違いはない。

しかしそれなら、先ほど御子神に言った出雲の神といえば「出雲大社の大国主命。熊野大社の素戔嗚尊」——という雅の回答は間違っていないのでは……。

御子神は、そう思っていないということ？

あの変人の考えは、全く理解不能だ。雅は、顔をしかめながらワインを一口飲む。しかしこの「奥出雲ワイン」は、本当に美味しい。少し気分が晴れた。素戔嗚尊に感謝しなくては！

さて——その四大神だ。

一番目の大国主命。

日本神話を代表する神の一人だ。

『記紀』には、葦原中国《あしはらのなかつくに》の国造りを行い、国土を高天原の神に国譲りした神として語られ、『古事記』によれば、素戔嗚尊《すさのおのみこと》の六世の孫とあり、『日本書紀』には、子とされている。

また大国主命の、その他の名前としては、

大物主神《おおものぬし》。
大穴持神《おおあなもち》。
大己貴《おおなむち》（大穴牟遅）神。
八千矛神《やちほこ》。
大国魂神《おおくにたま》。

顕国玉神《うつしくにたま》。

葦原醜男《あしはらのしこお》。


『古事記』に書かれている、大国主命を主人公とする物語は大きく見て四つ。

一、大国主命が苦難・試練を克服して、出雲国の主となる。
二、大国主命の妻問い。
三、少彦名命《すくなひこな》との協力による国造り。
四、葦原中国の主として、高天原の神々に国譲りする。

それらを順番に見ていくと、いわゆる「因幡《いなば》の白兎」の話から始まっている——。

大国主命には、多くの兄である八十神《やそかみ》たちがいたが、ある日全員で、因幡国の八上比売《やがみひめ》のもとへ求婚に出かけることになった。誰もが八上比売と結婚したかったのだ。ところが大国主命は、兄たちの荷物を全て背負わされたため、従者のように少し遅れて歩くことになってしまった。

その途中、気多《けた》の岬を通りかかった時、八十神は赤裸の兎と出会う。

そこで神々は、

「その体を治すには、この潮水を浴びて風に当たり、高い山の頂に寝ていろ」

と指示した。

しかし、かえって兎の傷や痛みが増してしまい、苦しんで泣き伏していた。そこに、遅れてやって来た大国主命が、兎に「どうしたのか」と尋ねる。すると兎は、

「隠岐島《おきのしま》からこちらに渡ろうとしたのですが、その方法がなかったので、海にいるワニを欺《だま》そうとして『私とおまえたちとを比べて、どちらの同族が多くいるかを数えてみたいから、お前は同族のワニを全部連れてきて、この島から気多の岬まで一列に並べ。そうしたら、私がその上を走りながら数えよう』と言ったのです。そこで、ワニがすっかり欺されて並んでいるその上を走りながら渡り、今まさに地上に降りようとした時、『お前たちは私に欺されたんだよ』と言ってしまったら、その言葉が終わるやいなや、一番端にいたワニが私を捕らえて、着物をすっかりはぎ取り、全身も傷だらけになってしまいました」

と言った。しかも、八十神たちにさらに酷い仕打ちを受けてしまったという。

それを聞いた大国主命は、兎に向かって、

「今すぐ、この河口に行って真水で体を洗い、蒲《がま》の花粉を取って撒き散らして、その

上に寝転がれば肌は元通りに治るだろう」

と教え、その通りにすると、兎の体は元通りになった。

ここで一言、八十神たちのために申し添えておくと、彼らはわざと兎を苦しめようとしたわけではない。というのも、傷を負ったら塩水で洗い、それを乾かして治すという方法は決して間違ってはいないからだ。ただ彼らは、その「重傷度」を見誤ってしまった。治療の見立て違いをした、というわけだ。

とにかく、そこで兎は、

「あの大勢の神々は、八上比売と結婚することは叶わないでしょう。比売は、あなた様が娶《めと》られることでしょう」

と言い、実際その通りになった。

すると、これに怒った兄神たちは、大国主命を二度にわたって殺そうとする。

一度目は、

「赤い猪がこの山にいる。それを我々が一斉に追い下ろすから、お前は麓で待ち受けていろ。もしも猪を逃がしたりしたら、我らがおまえを殺すぞ」

と言うと、猪に似た大石を火で焼いて転がし落とした。そのために大国主命は、それを捕まえようとして焼け死んでしまう。

これも酷い話だ。

自分たちが女性に振られた腹いせに、その相手と結婚した大国主命を殺すのだという。こんな行為を取るのが「神」なのか？　神々は、そういう自分の欲望から解き放たれている存在なのではないのか？

どうやら、古代は違ったらしい。

さて、そこで――。

大国主命の死に泣き悲しんだ母神は、神産巣日神《かみむすび》、つまり神魂神《かみむすび》に救いを請うと、直ちに「𧏛貝比売《きさがい》」と「蛤貝比売《うむぎ》」が遣わされ、大国主命は蘇生する。

この「𧏛貝比売」は『出雲国風土記』では「枳佐加比売命《きさかひめ》」となっている。この神は「出雲国四大神」の一柱・佐太大神の母神と記されている。そして、この「𧏛貝比売」のいらっしゃる地域を密かに通過しようとすると船が転覆してしまうため、必ず大声を出して許可を得るようにといわれている。つまりこの神は、

〝恐ろしい神――怨霊神ということ？〟

その辺りに関しては何とも言えなかったが……。

もう一人の「蛤貝比売」は、『出雲国風土記』では「宇武賀比売命《うむかひめ》」となっていて、この姫は神魂命の御子だとあった。

そんな姫神たちに命を救われた大国主命だが、それを知った兄神たちは、今度は彼を山に連れ込んで、大木の間に挟まれてしまうように仕向ける。

今度は母神に直接救い出された大国主命は、ここにいたら命がいくつあっても足りないと考えた母神によって、素戔嗚尊のいる根堅洲国《ねのかたすくに》へと逃れることになった。

当然だろう。

八十神たちは、執念深い。

雅は思う。

今、自分たちのイメージする「神」は、我々の願いや欲望を際限なく受け入れてくれる存在のようになっている。

しかし、古代の神々は強烈ではないか。我々人間よりも、感情や行動が直截《ちょくせつ》的だ。

というより、

〝むしろ一層、人間臭い〟

雅は苦笑しながら、次に進む。

さて——。

根堅洲国に行った大国主命は、素戔嗚尊の娘神である須勢理毘売《すせりひめ》と結婚する。その結果として、素戔嗚尊から課せられた「蛇の室《むろ》」「ムカデと蜂の室」「野焼き」などの難題を、須勢理毘売の力も借りて何とか解決して、この世へと逃げ帰る。
すると素戔嗚尊は彼を追いかけて、黄泉比良坂までやって来たが、そこで大国主命に、須勢理毘売と神宝《かんだから》である「生太刀《いくたち》・生弓矢《いくゆみや》」を授ける。そして大国主命は、素戔嗚尊の助言通り、それらの神宝で八十神たちを追い払い、ついにこの国の主となった。

〝黄泉比良坂……〟
やはりここが、あの世とこの世との境界。
一歩踏み出してしまえば、あの世。
そこで何とかとどまれば、この世。
まさに「塞の神」の領域となる。
雅は、納得した。

やがて――。
ある日、大国主命が美保の岬にいると、遥か波の彼方から、ガガイモの実の舟に乗り蛾の皮の着物を着て、やって来る神があった。そこで大国主が、名を尋ねたが神は答えなかった。また、お供の神々に尋ねても、みな「知りません」と答える。

するとその時、近くに控えていた蝦蟇《がま》が、

「これはきっと、崩《く》え彦《びこ》が知っているでしょう」

と言う。そこで彼に尋ねると、

「この神は、神魂神の御子、少名毘古那《すくなびこな》神です」

と答えた。

大国主が神魂神に尋ねると、確かに自分の子で、手の指の間からこぼれ落ちてしまったのだと言う。そして「二人は兄弟になってこの国を作り固めなさい」とおっしゃった――。

ここに「崩え彦」の説明が書かれている。

崩え彦という人物は案山子《かかし》のことで、歩くことはできないけれど、悉《ことごと》く天下のことを知っている神であるという。

しかし。

何故ここで「案山子」が出てくるのだろう。

確かに、奈良の大神《おおみわ》神社にも「久延彦《くえびこ》神社」という末社が存在している。祭神は、もちろん「久延彦＝崩え彦」命だ。だから、知恵の神様としての信仰も厚く、参拝客も多い。

でも、案山子がどうして「知恵の神」になったのか。

たとえば、文部省唱歌に「案山子」という童謡がある。

山田の中の　一本足の案山子
天気のよいのに　蓑笠着けて
朝から晩まで　ただ立ちどおし
歩けないのか　山田の案山子

山田の中の　一本足の案山子
弓矢で威《おど》して　力《りき》んで居《お》れど
山では鳥が　かあかと笑う
耳が無いのか　山田の案山子

この歌は近年、種々の差別語に繋がるからという理由で、殆ど歌われなくなってしまっている。それらの事実に関しては、また別の次元の話になるので、雅には何とも意見の述べようがないのだけれど、歌詞の内容としては間違いなく「案山子」をバカにしてからかっている。

でも『古事記』では、

「尽《ことごと》く天下《あめのした》の事を知れる神なり」

天下第一の知恵者であると書かれ、大神神社でもそのように扱われている。

ひょっとするとこの「案山子」の歌も、実に重要な歴史や教訓を含んでいるのかも知れない。もちろん今は、何にも想像すらできないけれど——。

やがてこの少名毘古那神は、国造り半ばにして、常世《とこよ》の国に去ってしまうが、代わりに現れた三輪山の神——大物主神が協力して、国造りを完成させることになった。

『書紀』に「幸魂奇魂《くし》」とある部分だ。

〝奇——櫛よね……。どういうこと？〟

分からない上に、輪をかけて分からない。

雅は段々沈鬱になってきたが、その先へ。いよいよ、一大クライマックスの「国譲り」の場面だ。

《出雲四大神》

藤平は、自分の机の前で一つ嘆息すると、今まで目を通していた報告書を、ポンと放り投げる。

〝やっぱり全部、死後の行為かい……〟

菅原陽子《あきこ》に関する検案書では、鑑識の見立てた通り、直接の死因は絞殺。現場の様子から見て、陽子がそれほど暴れた痕跡もなかったため、あの場所に呼び出されて、いきなり背後からロープのような物で首を絞められて殺害されたと思われる。犯人は、その後で陽子の髪を切り落とし、簪を左眼に突き立てた。

ちなみに、簪からも髪に飾られていたつげの櫛からも、陽子の指紋が発見されなかったことから、これは犯人が持参した物だと推察された。それらが陽子の持ち物であったとしたならば、しっかりと指紋が残っているはずだし、あえて拭き取る必要もないからだ……。

「おい、松原。どう思うよ」藤平は、やはり自分の机の前で書類に目を通していた松原に声をかけた。「この、簪や櫛の件は」

「それなんですがね」松原は、大きく伸びをするようにイスから立ち上がると、藤平に歩み寄って来た。「今、それらの販売店を追っているんですが、ごく普通にどこでも手に入れられる品物のようで、まだ具体的にはつかめていません。ひょっとしたら、犯人は通販で購入した可能性もあるんじゃないかと」

「そこまでして被害者の遺体に残しておきたかった、その理由は想像がつくか？」

「残念ながら」松原は顔をしかめた。「簪や断髪などの行為は、まだ怨恨という線が考えられますが――」

「引っかかるのは、つげの櫛だ。怨恨どころか、むしろ飾り立てているわけだからな」

「被害者の目に簪を突き立ててから、急に恐ろしくなったとかでしょうか？　いわゆる、供養」

「いや。全部最初から用意してきたんだろうから、あの場で考えを変えたという方が不自然だ。行動が一貫しない」

「そうですね」松原は首を捻る。「何しろ、大きなハサミまで用意してきているわけですから……。これが単なる猟奇殺人でないとしたら、犯人は、一体何を考えていたんでしょうか」

「全く分からんし、俺も知りたい」

「あと」と松原はつけ加える。「昨日、被害者の友人の大西留美が言っていましたように、被害者の周辺からは、殺害にまで及ぶような恨みを持っていたらしき人物は、今のところ浮かび上がってきていません」

「そうか……」と言って藤平は立ち上がった。「じゃあ、もう一度、現場に行ってみるか。あと、あの神社で聞き込みだ」

「はいっ」

松原は答え、二人は捜査一課を後にした。

*

高天原の神たちは、大国主命のいる葦原中国を統治しようと、天菩比神《あめのほひ》を遣わしたが、天菩比神は大国主命に媚びへつらってしまい、三年経っても復命しなかった。そこで次に、天若日子命《あめのわかひこ》が遣わされたが、天若日子命は大国主命の女神《むすめがみ》、下照比売《したてる》を娶り、また葦原中国を自分の手に入れようと企んで、八年経っても復命しない。

そしてついに、建御雷神《たけみかずち》と天鳥船神《あめのとりふね》が遣わされる。ここは『書紀』では、武甕槌神《たけみかづち》と、経津主神《ふつぬし》となっている。

この二柱の神は、出雲国の伊耶佐《いざさ》――稲佐《いなさ》の小浜に降《くだ》り着いて、十拳剣《とつかのつるぎ》を抜いて逆さまに波頭に刺し立て、その剣の鋒《きつさき》にあぐらを掻いて大国主命に、葦原中国を譲れと迫る。すると大国主命は、

「私は返答できません。私の子の、八重事代主神《やえことしろぬし》がお答えするでしょう」

と言う。そこで建御雷神たちが、美保の岬に出かけていた八重事代主神を呼び寄せて詰問すると、

「畏まりました。この国は天つ神の御子に奉りましょう」

と答えて、乗っていた船を踏み傾け、天《あま》の逆手《さかて》を打って、船に青い柴垣を巡らせ、その中に隠《こも》ってしまった。

更に「他に意見のある者はいるか」と尋ねた建御雷神に対して、大国主命は、

「もう一人、わが子の建御名方神《たけみなかた》がおります」と答えた。するとそこに、大岩を手にした建御名方神がやって来た。そして建御雷神に向かって、

「そのように、ひそひそと話していないで、力比べをしようではないか」

と言った。しかし建御名方神が建御雷神の腕を握ると、それは氷柱に、そして剣に変化する。その様子に恐れをなした建御名方神の腕を建御雷神が握りつぶし、葦の若葉を摘むようにちぎり取って投げ捨ててしまった。

逃げる建御名方神を追って、建御雷神は諏訪まで行く。そこで建御名方神は、

「畏れ入りました。私を殺さないで下さい。私はこの諏訪を離れてどこにも行きません。葦原中国は、天つ神の御子のお言葉に従って献上しましょう」

と答えた。そこで建御雷神が出雲に戻ってこの話を告げると、大国主命は、

「私の子供の二柱の神が申すように、私も背きません。この葦原中国は、全て献上いたしましょう。ただ私の住む場所は、天つ国の御子が皇位をお継ぎになる立派な宮殿のように、地底の盤石《ばんじゃく》に宮柱を太く立て、大空に千木《ちぎ》を高々とそびえさせた立派な神殿をお造り下さるならば、私は遠い遠い幽界に隠退しておりましょう」

と答え、出雲国の「多芸志《たぎし》の小浜」の神聖なる神殿に隠れられた——。

余りにも謎が多すぎないか？

これは、やはり……。


雅は、絶対に避けては通れない『出雲国風土記』を開く。

研究室で御子神に言ったように、この『風土記』には、稲佐《いなさ》の浜での大国主命の国譲りのシーンも、素戔嗚尊の八岐大蛇退治の話も出てこない。雅はそれが、この書物最大の謎だと考えていたのだが、御子神からは「もっと大きな謎がある」と冷笑されてしまった。

全く不愉快な話だが、それが何なのかが気にかかるのも事実。

雅はフランスパンに手を伸ばして、カリリとかじりながらワインを一口飲むと『出雲国風土記』を読み始めた。

和銅《わどう》六年（七一三）五月二日——。
元明《げんめい》天皇によって、次のような命が下された。

一、畿内と七道諸国の郡《こおり》・郷《さと》の名称は、好い字を選んでつけよ。
二、郡内に産出する金・銅・彩色（絵の具の材料）・植物・鳥獣・魚・虫等の種類、土地の肥沃、山川原野の名称のいわれ、また古老が伝承している旧聞や、異《かわ》った事柄などを、史籍に記して報告せよ。

その結果として、日本各地から「風土記」が撰進された。もちろん当時は「風土記」などという書名はなく、平安時代以降でそう名づけられたものがあることから、現在では『○○国風土記』と呼ばれるに至っている。

しかし、撰進の命から千三百年近く経た現在、殆どの風土記の原本は失われてしまい、今残っているのは、

「常陸《ひたち》国（茨城県）」

「播磨《はりま》国（兵庫県）」

「肥前《ひぜん》国（佐賀・長崎県）」

「豊後《ぶんご》国（大分県）」

「出雲国（島根県）」

の五つだ。

もちろん、この他の国々の断片的な記事も「逸文《いつぶん》」として残ってはいるものの、成立年代も含めてきちんと整っており、なおかつ巻首から巻末までを知りうる、ほぼ完本といえる形で残存しているのは、唯一この『出雲国風土記』だけなのである。

それだけではない。

他の四つの風土記は、中央から派遣された官人——朝廷の力が大きく働いていたと

見て間違いはないのだ。

ところが『出雲国風土記』は、当時、実質的に出雲国を支配しており、意宇郡の郡大領を兼ねていた出雲臣広嶋《いずものおみひろしま》と、秋鹿《あいか》郡の神宅臣《みやけのおみ》であった、金太理《かなたり》が、各郡の郡司らのまとめたものを編纂したとされている。

歴史学者の上田正昭《うえだまさあき》も、

「『記』・『紀』神話の中の出雲系神話とは異なる在地の出雲神話が、きわめて豊かに収録されていて、日本列島の各地に伝承されてきた神話の中でも、もっとも注目すべき神話の質と量とを今に伝えている。

『記』・『紀』神話における出雲系神話のみで出雲の神話を論ずる研究者もいるが、それだけでは出雲神話の原像を見きわめることはできない。『記』・『紀』の出雲系神話と『出雲国風土記』の神話とをあわせて、出雲の神話を探求することが肝要となる」

と言っている。

雅は、軽く嘆息した。

〝どうして「稲佐の浜の国譲り」の場面や「素戔嗚尊の八岐大蛇退治伝説」が登場し

ないのだろう？〟

特に、八岐大蛇伝説。

三種の神器の一つ、草薙《くさなぎの》剣《つるぎ》の起源まで語ってしまうあの場面こそ、間違いなく「古老が伝承している旧聞」であり「もっとも注目すべき神話」ではないのか。日本神話全体を通してみても「天照大神の天岩戸隠れ神話」と並ぶ、一大クライマックスではないか！

史学者の水野祐《ゆう》も言う。

「『出雲風土記』の神話は、在地の出雲人によって語り継がれた全く別な地域的体系をもつ神話が見られる。しかし『記紀』などの中央神話の中にはその片鱗《へんりん》すらみられない。『紀』のような本文とは別な異説を並記している一書の説にさえ出雲独自の神話は殆ど姿を現わしていない。（中略）出雲人の語らない出雲神話が、異郷人である大和人の日本神話の中におこがましくも堂々と出雲神話として伝えられる。おかしいではないか」

――と。

雅も、同意見だった。

しかし御子神は、それは「二番目以降の問題だ」と言い放った。

まだ想像もつかなかったが、そこまで言われて何一つ思いつかないなんて悔しすぎる。いきなり激しく混沌としている。

雅はページをめくった。

この『風土記』は「総記」「各郡」「巻末記」から構成されている。そして「総記」には、いわゆる「国引き」を行って出雲国を造られた八束水臣津野命《やつかみずおみつぬ》が「八雲立つ」と言ったことによって、この国の名が「出雲」と決まったなどという話が書かれている。

そして「各郡」。

松江市・安来市という、宍道湖《しんじこ》の南の辺りを大きく占めている「意宇郡」は出雲最大の郡であり、四大神のうち、熊野大社と能義神社が、この地域に含まれる。また、「黄泉比良坂」の近くに鎮座している揖夜《いや》神社も、この地域だ。

「島根郡」には、恵比寿《えびす》様の総本宮といわれる美保《みほ》神社と、四大神の一柱、佐太大神のお生まれになった、加賀《かが》の神埼《かんざき》がある。

「秋鹿《あいか》郡」には、その佐太大神を祀る佐太神社と、伊弉冉尊の陵墓がある。

「出雲郡」には、もちろん出雲大社が。そして大国主命が、高天原からの使神である建御雷神《たけみかずち》や経津主神《ふつぬし》らによって国譲りを迫られたと『記紀』にある、稲佐の浜。その先の岬には、天照大神と素戔嗚尊を祀る、日御碕《ひのみさき》神社が鎮座している。

「飯石郡《いいし》」は、素戔嗚尊の妻神である奇（櫛）稲田姫が、自分の子を産むのにふさわしい場所を探し求めてやってきた。

また、その他「楯縫郡《たてぬい》」「神門郡《かんど》」「仁多郡《にた》」「大原郡」などなど、それこそ奥出雲や、荒神谷《こうじんだに》・加茂《かも》岩倉《いわくら》遺跡などを含む、各地方の話が事細かく記されていた。

そして結局――。

〝だから何《なに》？〟

雅は、急に悪酔いしそうになってきた。

これは空きっ腹で飲んだワインのせいではない。

まだ、出雲のほんの入口ではないか。それなのに、「謎」そのものすら分からない。

〝よし！〟

雅は決心した。

やはりここは直接、現地で神々や、その悠久の歴史と対峙《たいじ》することが必要だ。いつまでもこんな所で、文献やインターネットを眺めているだけではダメだ。

出雲に行こう。

雅が決心して、ワインをグラスに注ごうと思った時、

「雅。ご飯よ！」

と呼ぶ塔子の声が響き、雅は「はーい」と返事をすると、机の上の資料はそのままで、パソコンだけ閉じて一階へ下りてゆく。

出雲行きの具体的な日程は、今から母親と相談する。とにかくこの春休みの間で、二泊三日でも良いから出雲を回ってみよう。メインはもちろん、出雲国四大神の坐《いま》す「出雲大社」「熊野大社」「佐太神社」「能義神社」の四社。そして、それに付随するであろう神社や旧跡。

そして忘れてはならないのが、超強力縁結びの「八重垣神社」だ！

先ほどまでの憂鬱が少し晴れてきたような気がして、雅は軽やかに夕食のテーブルについた。


母と二人だけの夕食を摂ると、雅は、再び自分の部屋に戻って机の前に座った。

出雲行きの件に関しては今、食事をしながら母親の塔子に許可をもらった。日頃は口うるさいが、こういうことに関しては、さっぱりとしていて鷹揚《おうよう》だ。もっとも、研

究のテーマに関するフィールドワークなのだし。

　まだ父の建には許可を得ていないが、おそらく反対はしないだろう。というのも建は、今まで一度も雅の要望に異を唱えたことがなかった。いつも「おまえの好きにしなさい」と言ってくれる。だから今回も、すんなりと大学院に進むことが決まったのだ。雅は、照れ臭くて一度も口に出したことはなかったが、いつも心の中で感謝している。

　交通手段や宿泊等は、旅行会社に勤めている塔子の友人に頼むことにした。雅もその女性とは顔見知りなので、多少はわがままが利くし、きっと交通費や宿泊費も安く上げてもらえるだろうから、その点に関しては何も心配ない。それに、伝手を頼った方が、両親としても安心なはずだ。

　雅は、出雲の地図を広げると、ペンとマーカーを握った。

　こうして地図を眺めてみると、予想以上に島根県は広い。

　北部には、その周囲約四十五キロメートルの、全国で七番目の広さを持つ宍道湖があり、その宍道湖の東部には、隣の鳥取県境港《さかいみなと》市・米子《よなご》市との境に中海《なかのうみ》が広がっている。

　そして、それらの湖を取り囲むようにして数々の神社が鎮座し、なおかつ南に広がる山間部にも神社が点在している。その総数は、ざっと見たところでも五十社を超えているのではないか。

当然、それら全てをまわることは不可能だから、きちんと厳選しておかなくては。

必ず訪ねる場所は、今の「四大神」――「出雲大社」「熊野大社」「佐太神社」「能義神社」と、「八重垣神社」なのだが、その近辺で足を伸ばせそうな神社を探してみようと決めた。

まずは古来『天下無双の大廈《たいか》』と称されてきた「出雲国一の宮」の「杵築宮《きづきのみや》」――出雲大社」だ。

雅は、グラスにワインを注ぐ。

出雲大社の鎮座地は、島根県出雲市大社町杵築東一九五。

出雲市のかなり端に位置している。

出雲への交通手段に関して、塔子には、飛行機でも寝台特急サンライズ出雲でも構わないと伝えてあるから、そのように相手に頼むだろう。

というのも、飛行機なら朝一番で羽田を発って、出雲空港に九時四十五分着。そこから出雲大社までは、直通の空港バスで約三十五分。一方、サンライズ出雲ならば、前日の二十二時に東京駅を出発して、朝の十時頃に出雲市駅に到着すると、出雲大社はそこからバスで三十分弱。どちらにしても、大社には午前中に入ることができる。参拝して色々と調べて、それでもきっと昼前だろうし、昼食は大社近くで出雲蕎麦を食べれば良い。

そうなると、次はどこへ向かおうか……。

やはり、折角だからその近く、大国主命が国譲りを迫られたという歴史的場所である「稲佐の浜」から「日御《ひのみ》碕《さき》神社」へ向かうべきだろうと、雅は思った。

この日御碕神社も怪しくないか。

同一境内に「上の宮」と「下の宮」が鎮座しており、下の宮には「姉神」である天照大神が、その右手奥上方には「弟神」である素戔嗚尊が祀られているという、非常に珍しい社殿配置になっている。

しかもそれだけではない。「日御碕神社御由緒」を読めば、

「日沈《ひしずみ》宮（下の宮）

日沈の宮は、神代以来現社地に程近い海岸（清江《きよえ》の浜）の経《ふ》島《じま》（文又《ふみ》日《ひ》置《おき》島ともいう）に御鎮座になっていたが、村上《むらかみ》天皇の天暦《てんりやく》二年（九四八）に勅命によって現社地に御遷座致されたのである。

　神《かみ》の宮（上の宮）
　神の宮は神代以来現社地背後の『隠ケ丘《かくれがおか》』に鎮座せられていたが、安寧《あんねい》天皇十三年勅命により現社地に御遷座せられ（『出雲国風土記』に見える美佐伎《みさき》社なり）後『日沉宮』と共に日御碕神社と称せられる」

とあった。

　何故、太陽神である天照大神を祀っているというのに「日沉」なのだろう？

　いや、確かにこの場所は、地理的に出雲国の西の果てというのは事実だ。しかし、この「沉」は「沈める、埋める、隠す、隠れる」等々という意味だ。それをわざわざ、天照大神の坐す社の名称にするなんて。

〝余りにも不吉……〟

　雅は、眉を顰《ひそ》めた。

　そこから稲佐の浜、「長浜《ながはま》神社」だ。こちらも、もともとは「出雲社」という名称だったというから、充分に足を運んでみる価値はある。

　出雲市まで戻って来たら、その近くにある「万九千社《まくせのやしろ》」通称「万九千神社《まんくせんじんじゃ》」も、ぜひ行ってみたい。何しろこの神社は、神在月に参集された全国の神々が、最後に滞在されるという社なのだ。そこで神在祭と共に「神等去出祭《からさで》」という、神々を見送る祭が執り行われる。この日は毎年のように大風が吹いて、時には、みぞれ混じりの荒天になることから、この天候は「お忌み荒れ」と呼ばれているという。

初日はここまでで、間違いなく夕方になる。余裕があれば、荒神谷遺跡や加茂岩倉遺跡までまわりたいが、それは当日の時間次第ということにしよう。

その後は、出雲市駅か荘原《しょうばら》駅まで戻って山陰本線に乗り――涙を呑んで「美人の湯」を通過して――一気に松江駅まで行く。そうしないと、翌日が動きにくい。玉造温泉は、次回友人とでもゆっくり行こう。何しろ、「四大神」も、まだ二柱残っている。

意を決したように一息つくと、雅は再び資料に目を落とした。

佐太神社の名前は、目にしたことがある。

旧暦十月の「神無月《かんな》」には、日本全国の神々が出雲に集まる。ゆえに、出雲ではその月を「神在月《かみあり》」と呼ぶ。その八百万《やおよろず》の神々が参集される社の一つが、この佐太神社だといわれている。ゆえに佐太神社では、毎年十一月二十日から二十五日まで「神在祭《じんざいさい》」が執り行われている。

しかし、祭といっても一般に想像するようなものとは大違いだ。何しろ、幟《のぼり》も立てず神楽《かぐら》も上げないという厳粛な祭で、別名を「お忌祭《いみまつり》」と呼ばれている。何故かというと、三社並んだ正面の「正中殿《せいちゅう》」に佐太大神と共にいらっしゃる伊弉冉尊を偲《しの》ぶ祭だから、ということらしい。

〝どうして、この場所に伊弉冉尊？〟

雅は訝《いぶか》しんだが、事実、佐太神社の裏手には「母儀人基社《はぎのひともと》」という、伊弉冉尊の陵墓があるという。

〝伊弉冉尊の陵墓があるということは……〟

この「神在祭」というのは、人間世界で言う「法事」のようなものなのか？　そこに日本全国の神々が参集して、毎年行われるなんて、物凄い話だ。

雅は、ふと思い出した。

〝そういえば〟

出雲のどこかに、伊弉冉尊が、黄泉国から伊弉諾尊を追いかけて来たという「黄泉比良坂」があったのではないか。何かの本で読んだ気がする……。

いいわ。

それは後にして、雅は先へと進む。

現在、佐太神社の主祭神の佐太大神は、あの猿田彦《さるたひこ》大神といわれている。天孫降臨

——高天原《たかまがはら》から瓊瓊杵尊《ににぎ》が天降《あまくだ》った際に、道案内をした神だ。

ちなみに、その風貌が「鼻の長さ七咫《ななあた》、あるいは七握《ななつか》（約十六センチ、あるいは八十センチ強）、背の高さ七尺《ななさか》余り（二メートル強）」「目は八咫鏡《やたのかがみ》のようで、照り輝いていることは、赤酸漿《あかほおずき》に似て」いることなどから、天狗の原型となり、境の神である道祖神《どうそじん》ともなった。

しかし、無数にいらっしゃる出雲国の神々の中から、わざわざ「四大神」の一柱に選ばれ、崇め奉られているということが納得できない。もともとは、伊勢の神のはずなのに——。

〝どういうこと？〟

出雲は深いと言った御子神の言葉は誇張でも何でもなく、そのままだった……。

気を取り直して、四番目の大神——野城大神なのだけれど。

雅はこの「野城大神」という名前を目にしたことがなかった。御子神に尋ねられたあの時も、何とか佐太大神の名前までは出てきたとしても、この「野城大神」までは無理だったろう。

〝野城大神……って、何者？〟

雅は検索をかける。

すると十世紀に編纂された法典である『延喜式《えんぎしき》』の巻九、巻十の「神名帳《じんみょう》」——延長五年（九二七）当時の全国の神社一覧の中にあった。

更に雅が『出雲国風土記』を当たると「意宇郡」の条「野城の駅《うまや》」に、

「野城大神の坐《いま》すに依《よ》りて、故《かれ》、野城と云ふ」

この大神がいらっしゃったので、野城という地名になったということだ。つまり、それほど崇敬されていた神だったということになる。

少し驚きながら先を読むと、

「（この社は）『大神』の尊称を受けるほど、地域で尊崇されたのだろう」

とあった。

〝——だろう？〟

雅は首を捻る。

つまり注釈者も、判然としないということではないか。

それほどまでに、正体不明な神ということになる。

この神社の鎮座している安来市の公式サイトなどを閲覧してみると、この「野城大神」を祀っている神社は「能義町《のぎ》」にある「能義神社《のき》」であると書かれていた。

「義」をどうやって「き」と読むのかも謎だったが、あくまでも社名なので、そういうこともあるかも知れない。

その能義神社の「由緒略記」も見つけた。

「当神社の御祭神は、天照大神の第二の御子・天穂日《あまのほひ》命である。命は国土奉還のため天照大神の使者として高天原から大国主大神のもとにおいでになり――」云々。

天穂日命は『古事記』では「天菩比神《あめのほひ》」。

天照大神と素戔嗚尊が「誓約《うけい》」をした際にお生まれになった神で、現在は、出雲臣と土師《はじ》連の二つの氏族の祖とされている。

『記紀』によれば、瓊瓊杵《ににぎ》尊の父神で兄神の、天忍穂耳《あめのおしほみみ》命が、葦原《あしはら》中つ国の不穏な状況を高天原《たかまのはら》に報告したのを受けて、派遣された。しかし天穂日命は、大国主命に媚びへつらってしまい、報告を三年間も怠《おこた》った。だが『出雲国造神賀詞《かんよごと》』によれば、中つ国の様子を見た天穂日命は、自分の子供の天夷鳥《あめのひなとり》命に、経津主《ふつぬし》命を添えて天下らせ、中つ国を平定したとなっている。

この天穂日命と同時に生まれたのが、市杵《いちき》嶋《しま》姫命を始めとする宗像《むなかた》三女神などの、いわゆる「五男三女神」だ。但し、これら「八王子《はちおうじ》」の神は、疫病神《やくびょうがみ》として、人々から非常に恐れられていたという説もある——。

〝ということは〟

大国主命と素戔嗚尊は一般的に「怨霊神」と考えられ、また、猿田彦も怨霊ではないかという説もある。

そして「八王子」の一柱である、天穂日命。

つまり「出雲国四大神」というのは、全員が怨霊だったということになる。

だからこそ、しっかりと祀ったのだろう。我々に災厄をもたらす力の強い怨霊神こそ、きちんと丁寧に祀らねばならないというのは常識だ。

とすれば、天穂日命である、この野城大神は大丈夫なのか？

「出雲国四大神」——いや、四大怨霊であるはずなのに、殆ど忘れられている状態のままで良い？

というより、祭神が天穂日命ならば、そのままの名称で祀れば良いのでは？　何故、わざわざ「野城大神」としたのか。

〝そういえば……〟

「黄泉比良坂」は、この近辺にあったはずだ。

ということは野城大神は、あの世とこの世との境目近くに鎮座されていることになる。どうして、そんな恐ろしい神が歴史に埋もれてしまったのだろうか？

出雲国は、踏み込めば踏み込むほど、混沌としてくる。こんな入口で、すでに雅の手に余ってきた。

〝出雲にしたのは、失敗だったかも〟

雅は後悔したが、今となってはもう遅い。あの御子神に向かって、はっきり「出雲から入って」みると伝えてしまったのだから……。

*

黄泉比良坂を一回りした藤平と松原が、揖夜神社社務所に入ると、宮司はおらず、昨日の社務員と留美、そしてもう一人、暗い顔をした和服姿の中年男性が何やらこそこそと話していた。

藤平たちの顔を見ると、その男性は迷惑そうな視線を送ってきたが、社務員と留美の「刑事さんです……」という言葉に、ハッとして頭を軽く下げた。そこで藤平たちは、警察手帳を提示して名乗る。すると和服のその男性は、

「柳田吾郎《やなぎだごろう》です」と自己紹介した。「この近所にあります、黄泉《よもつ》神社の宮司をやって

います」

「宮司さん？」藤平は尋ねる。「ということは、こちらの神社ともご関係があるんですね」

「若い頃は、ずっとここでお世話になっていました。しかし現在は、実家の黄泉神社に戻って宮司を」

「なるほど」藤平は頷く。「では、今回の事件では、さぞ驚かれたことでしょうな」

「ええ」吾郎は大きな溜息をついた。「昨日、こちらの宮司さんから連絡をいただき、今もこうしてお二人とそんな話をしていました。私も、亡くなられた菅原さんとは、親しくおつき合いさせていただいていたもので……」

「大西さんも」と言って藤平は、留美を見た。「菅原さんとは親しかったんですよね」

はい、と留美は目を伏せたまま頷いた。

「昨日も言いましたように……色々な相談に」

だがその内容は口にできないのか、と藤平が心の中で思った時、

「菅原さんは、とても面倒見の良い方でしてね」と吾郎が言う。「大西さんだけではなく、たくさんの方々の相談にも乗っておられたようです。人とお話しすることが好きな方でしたから」

その時、社務員が、

「ちょっと変わったところがありましたけれどもね」

と口を挟んだ。

そこで、その言葉に引っかかった藤平が尋ねる。

「変わったというと？」

すると彼は、ハッと口を押さえるようにして、

「い、いえいえ、その……」

と、大きく動揺した。その横で吾郎が、

「まあ、これはいずれ調べられることでしょうから」と微笑《ほほえ》む。「鬼や幽霊のような物が見えたとか見えないとか」吾郎は肩を竦めた。「神社に長く勤められている巫女さんたちの中には、そんな方が何人もいらっしゃいますよ」

「そう……ですか」

「私などは、全くそんなことは感じませんが、女性に多いようですね。まあ、もともと巫女さんは、神様の言葉を我々に伝えるという役目の女性ですから。鬼や神の姿や声を感じられなくては仕方ない」

「ほう……」

「そんなことで、話の合う方が何人もいらっしゃったんじゃないでしょうか」

「なるほど……」

そういった世界の話とは縁遠いと自覚している藤平は、曖昧《あいまい》に相槌を打つと、話題を現実問題に引き戻す。

「どちらにしても被害者は、人から感謝されこそすれ、恨まれるようなことはなかったということですな」

「私は、その相談の内容や回答に関しては全く何も知りませんし、当然、菅原さんもそんな話は口にしませんから、何とも申し上げられませんが……」

と言って吾郎は、軽く首を傾げた。

「ただ、少し前にお目にかかった時には、何か面倒な相談事があるようで、さすがに少し悩んでいるというようなことをおっしゃっていました」

「それは」と藤平は、松原に視線を送りながら吾郎に尋ねた。「どれくらい前の話ですか？」

「去年の終わりでしたから、三、四ヵ月前くらいですかね……」

「その内容に関しては、もちろん――」

「何一つ聞いていません」

「どなたから、というようなことも？」

「はい」

と吾郎は答えたが、留美が一層体を強張らせたのを、藤平は見逃さなかった。

留美は昨日、陽子が相談事に乗ってくれたと言っていた。それが今、吾郎が口にした「何か面倒な相談事」であった可能性が出てきた。もしかしたら、吾郎もそれを知っていて、あえて隠しているのではないか。それが、今回の事件と直接関与しているかどうかは、まだ分からない。しかし、二人とも何かを隠している。

といっても、今ここで訊き出そうとしても無理だろうと感じた。あっさり否定されて終わりだ。

もう少し、周辺情報を集めなくてはなるまい。

そう思った藤平は、昨日の話の再確認と、こちらから公表できる範囲での捜査状況、そして何か新しい展開があった時の協力を約束して、松原と二人、揖夜神社社務所を後にした。

「やはり」駐車場に向かって歩きながら、松原は小声で言う。「大西留美が引っかかりますね」

「いずれ、きちんと話を聞かなくてはならないだろうな」

「はい」

大きく頷く松原から視線を外すと、藤平は笑いながら言った。

「そういえば、ここの神社は最近『女子力アップ』の御利益があるといって評判らしいぞ。俺の小さい頃は、そんな話は聞いたことがなかったが」

「女子力アップ……ですか」車のドアを開けながら、松原が尋ねた。「そりゃまた、どうして？」

「主祭神が、伊弉冉尊だからだそうだ。何しろ彼女は、この国土を始めとして、数多くの神々を産んだ。しかも、死後には伊弉諾尊が、彼女を忘れられずに黄泉国まで追いかけて行った。それほど魅力的な女性だったということだろうがな」

「黄泉国まで……」

「黄泉といえば」藤平も車のドアを開けて、助手席に腰を下ろしながら言った。「あの、黄泉神社の宮司」

「柳田吾郎といっていましたね」

「あっちも、一癖ありそうな雰囲気だった。もっと何かを知っていそうだな」

「自分も、そう感じました」松原は、シートベルトを締めると車を出した。「また改めて、話を聞きに行きますか」

「もう少し情報を集めたら、そうしよう」

藤平は大きく頷くと、シートに体を預けた。

*

雅は、目の前に広げた地図をたどる。

一日目の出雲市探索が終わったら、山陰本線で松江市まで行き、どこかのビジネスホテルに泊まる。おそらく、くたくたに疲れているだろうから、温泉がついていればとても嬉しいけれど、そうでなかったとしても仕方ない。夕食も一人だし、近くで適当に摂ればいい。ただ、この奥出雲ワインだけは必須。

さて。

こう見回しても、松江市だけで相当な数の神社がある。今回のメインテーマである「出雲国四大神」のうち、素戔嗚尊の坐す出雲国一の宮「熊野大社」もそうだ。

ここで、出雲国一の宮が「出雲大社」と「熊野大社」と二つあるというのも、ちょっと不思議だったが、おそらくこれは後世の政治的な原因で、神社庁あたりが絡んでくる問題なのだろうと思うから、今回は敢えて追究しない。

熊野大社のすぐ近くには『古事記』にも「須賀宮《すがのみや》」として登場する「須我《すが》神社」がある。ここは、その肩書きに「日本初之宮」とあるように、伊弉諾尊・伊弉冉尊の二柱の神が日本国で初めて宮殿を造った地といわれている。その後、八岐大蛇を退治した素戔嗚尊と、その妃神である奇稲田姫も、この地に居を構えている。

その際のエピソードを『古事記』では、須賀の地に到達した素戔嗚尊が、

「吾《あれ》ここに来て、我が御心《みこころ》すがすがし」

と言い、

八雲立つ出雲八重垣　妻ごみに
　八重垣作る　その八重垣を

という歌を詠んだということになっている。

雅は、鼻を鳴らす。

この「すがすがし」が地名になったなどという話は素直に信じられないし、「八雲立つ」の歌の意味も、良く理解できない。一般的には「盛んに湧き起こる雲が、八重

の垣をめぐらしてくれる。新妻をこもらせるために、八重垣をめぐらすことよ。あのすばらしい八重垣よ」という意味の、喜びの歌とされている。

しかし今、改めて読み直してみると、かなり違和感がある。「八」という数字がたくさん出てくることや、「八重垣」が必要以上に繰り返されていること。そして何よりも「妻ごみ」という言葉が不穏ではないか。歌の説明などでは、しっかりと護っているといっているが、むしろ閉じ込めているようだ。

考えすぎか。

今まで思ってもみなかった出雲に対する疑問が、一気に湧き上がってきているせいか。

雅は、軽く頭を振ると次に進んだ。

もう一つの四大神の「能義神社」から、山陰本線の駅二つほど松江に向かって戻った場所に、例の「揖夜神社」と「黄泉比良坂」がある。ここは、何となく恐ろしげだけれど、ぜひ足を運んでみたい。特に揖夜神社では、伊弉冉尊を主祭神「黄泉津大《よもつおお》神《かみ》」として祀っているという。とても興味が惹かれる。

そして松江市には、本殿が現存最古の大社造りで、主祭神がやはり伊弉冉尊の「神魂《かもす》神社」がある。そして、この本殿の天井には、出雲大社同様に「八雲の図」が描かれているという。

ただ、ここでもまた謎が登場する。

この絵は「八雲の図」といいながら、出雲大社本殿天井に描かれている雲の数は「七つ」で、こちらの神魂神社の天井は「九つ」となっているらしい。

〝どういうこと……？〟

雅は資料をひっくり返し、またインターネットでも検索してみたが、色々な説が書かれているものの、納得できる答えはどこにも発見できなかった。

さて、いよいよ期待の「八重垣神社」だ。

こちらは神魂神社の近くなので、セットでまわることができる。

八重垣神社の由緒は、すぐに見つかった。

「神社の創立は遠く太古で、素戔嗚尊が八岐大蛇を御退治後、現在地に宮造りされ、『八雲立つ出雲八重垣　妻込めに、八重垣造る　その八重垣を』との御歌の八重垣をとって八重垣の宮とされ、此処で御夫婦生活を始められた所であり――云々」

とあった。また、

「高天原から出雲の斐《ひ》の川上に降り立った素戔嗚尊は、老夫婦（脚摩乳《あしなずち》、手摩乳《てなずち》）と稲田姫が泣いている様を御覧になられ、八岐大蛇を退治し、稲田姫の命を御救いになった。

この時、素戔嗚尊は、佐草の郷に『八重垣』を造り、稲田姫を御隠しになりました。八岐大蛇を御退治になった素戔嗚尊は、この佐草の地に宮造りされ、御夫婦の宮居とし縁結びの道をおひらきになられたのです――云々」


と書かれている由緒もあった。

しかし、これでは最初の由緒と話が合わない。

初めの由緒では、素戔嗚尊が「八岐大蛇を御退治後」に、佐草にやって来たと書かれているが、後の物では八重垣に「稲田姫を御隠しに」なったとしている。その後に八岐大蛇を退治した、と。

ちなみに、どちらも八重垣神社公式の由緒書きだ。

〝一体、どっちなの？〟

雅は訝しむ。

いや。何度も言ってしまうが、そもそも『風土記』には八岐大蛇が登場しないのだから、これは仕方ないのか。

とにかく御神徳が「縁結び」であることは間違いない。

その証拠に昔から、

出雲八重垣祈願を込めて　末は連理の玉椿

などという歌や、

出雲八重垣妻込め所　いとし女《おなご》の置き所

などという民謡や小唄まであるらしい。

ちなみに「連理の玉椿」というのは、神社鳥居前に立っている大木で、奇稲田姫が手ずから植えられた二本の椿が芽吹きだし、やがて地上で一体となったと言い伝えられているという椿だ。

そして。

神社奥の院、佐久佐女の森は「神秘の森」と呼ばれていて、ここに噂の「鏡の池」がある。社務所で購入した占いの用紙を池の水に浮かべて、その上に硬貨を一枚載せる。それが早く沈めば、良縁が早くやってくる。しかし遅く沈むと縁はまだ遠い。その上、沈んだ場所が自分に近ければ、相手は身近な人。遠い場所で沈めば、遠方の人と縁があるという。

この占いはかなりの高確率で的中すると有名なのだ。

その「高確率」という根拠は全くの謎だったが、それは別にしても、ぜひチャレンジしたい！

あと、この神社に関して有名なのは、平安時代のものとされる壁画だ。それは、寛《かん》平《ぴょう》五年（八九三）、宮廷画家の巨勢金岡《こせのかなおか》の筆と伝えられており、板絵三面に、素戔嗚尊、奇稲田姫、脚摩乳、手摩乳、それに天照大神や、市杵嶋姫命までが描かれているという。この壁画も見てみたい。

そんな案内を読んでいた雅の目に、八重垣神社独特だという「お守り」が飛び込んで来た。

〝櫛……？〟

確かにここは、奇稲田姫がいらっしゃるし、『古事記』では「櫛名田比売《ひめ》」と書かれている。また、素戔嗚尊は八岐大蛇と戦う際に、姫を神聖な爪櫛《つまぐし》に変えて髻《みずら》——自分の髪に挿し、勝利したという。

雅は、バサバサと資料をめくる。

〝これだわ！　どこかで見たと思った〟

開いたページには、熊野大社のお守りとして、丸く可愛らしい「御櫛《みぐし》」の絵が載っていた。下半分は櫛の歯になっていて、上半分には赤い雲の絵が描かれていた。これは、素戔嗚尊が奇稲田姫への結納の品として、櫛を贈ったことが発祥だという。

そして現在も毎春、御櫛を本殿脇に建つ稲田神社に供えるという「御櫛祭」が執り行われている——。

〝なるほど……〟

そう言われれば。

素戔嗚尊は「櫛御気野命」。

奇稲田姫は「櫛名田比売」。

確かに二柱共「櫛」に縁が深い。

いや。

そういえば、他にもいなかったか。確か、やはり重要な神の名前にも「櫛」という文字が入っていたはず……。

しかし、良い気分で酔いが回ってきている頭では、すぐさま明瞭に思い出すことはできなかった。

その代わり「奇――櫛」の繋がりで違うことを思い出した。

雅は『書紀』のページをめくる。

ここだ、「神代上」の大己貴神《おおなむち》――大国主命。

共に国造りに励んでいた少彦名命《すくなひこな》が亡くなってしまい、大国主命がすっかり落ち込んでいた時、不思議な光が海からやって来た。そしてその光は「私があるからこそ、お前は大きな国を造る手柄を立てることができたのだ」と告げた。そこで大国主命が、その光に名を尋ねると、

「吾《われ》は是汝《これいまし》が幸魂《さきみたま》　奇魂《くしみたま》なり」

と答え、その光の神は三諸山《みもろやま》――奈良の三輪山《みわやま》に住まわれた。

〝ここにも「くし」が出てくる……〟

雅は確認すると、もう少し先まで読む。

そしてこの神は、やがて初代天皇・神武《じんむ》の后神となる姫踏鞴五十鈴姫命《ひめたたらいすず》など、数多くの神々の父神となったという。あるいはまた、姫踏鞴五十鈴姫は、事代主神《ことしろぬし》と、

〝玉櫛姫《たまくし》！〟

との間の姫神であるという説もあった。

しかも、その玉櫛姫の父親は、賀茂建角身命《かもたけつぬみ》。つまり――。

〝八咫烏だわ！〟

雅は、思わず『書紀』を放り投げた。

昼間、御子神に言われた。

「きみの名前の『雅』は烏を表している」

「日本神話の八咫烏が、そう言い伝えられているように」――云々と。

〝ええと、どこまで行ったっけ……〟

手元のメモを見れば「八重垣神社」「鏡の池」。そこで止まっていた。しかし、二日目もこの程度かも知れない。あと、まわれるとすれば、松江市内の神社だ。たとえば。

雅は地図を眺めた。

するとそこには「賣布神社《めふ》」という、見慣れない名前があった。主祭神は、速秋津姫《はやあきつ》。いわゆる、災厄・罪障を除き去ってくれる「祓戸《はらえど》の大神」の一柱だ。

雅は賣布神社の由緒を読んでいたが、視線が一点で止まった。

〝何……これ？〟

そこには、こう書かれていたのだ。

摂社：櫛八玉神《くしやたまかみ》

ここでも、また「櫛」！

この「櫛」に関しては「奇《くし》」であり、非常に珍しいこと、普通と異なる力を持っていること、あるいは「奇」を「き」と読んで「酒《き》」——「神酒《みき》」のように酒を表しているのだという説を目にしたことがある。

でも……。

何か違う。

それが一体何なのかは、まだ見当もつかなかったが「櫛」はあくまでも「櫛」だ。

「酒《き》」ではない。雅は、そう直感した。

だが、これもまた「謎」。

出雲は、どこまでダンジョンなのだ？

心の底から悔しいが、御子神が言ったように、雅は「出雲を殆ど理解できていない」「非常に研究のやり甲斐あるテーマ」だという言葉を否定できない。そして、あの波木祥子の薄ら笑いも。

雅は、またワインを一口飲むと地図を睨《にら》んだ。

さて。これで二日目も多分、終了。次の三日目に行く神社は「四大神」最後の「佐太神社」と、大国主命の妃神の三穂津《みほつ》姫命と、御子の事代主《ことしろぬし》神を祀っており「ゑびす神」の総本宮とされる、松江市最東端に位置する「美保神社」だ。

まずは、佐太神社。

この神社では「御座替《ござがえ》祭」という、本殿三社以下摂末社全ての御神座の茣蓙《ござ》を取り替えるという「佐陀の秘儀」といわれる神事が有名だが、その他にも、神在祭最後の神送りの日に小豆雑煮をお供えして、その後に撤饌《てっせん》として皆でいただくという風習があるらしい。

これを「神在餅《じんざい》」と呼び、これが転訛して「ぜんざい」と呼ばれるようになったという説がある。

〝なるほどね〟

雅は、素直に納得する。「ぜんざい」の語源には、それを食した僧侶が「善哉、善哉」と言ったから、などというものもあるが、こちらの方が真実っぽい。

ちなみにその「神送り」の際には、神様たちは「小さな木製の舟」に乗ってお帰りになるという。

何となく分かりそうで分からない。

ということで、次の「美保神社」だ。

主祭神は、大国主命の后神である三穂津姫命と、その第一の御子の事代主神。これら二柱の神々を祀る本殿はとても変わっていて、大社造りの二社を並列に繋いでいる「美保造り」あるいは「比翼大社造り」と呼ばれているという。

だが、何といってもこの神社の特色は「諸手船神事《もろたぶねしんじ》」と「青柴垣神事《あおふしがきしんじ》」だろう。「諸手船神事」は「青柴垣神事」のプロローグともいえる祭で、美保崎にいらっしゃった事代主神が、大国主命の相談を受ける場面がモチーフになっている。

そして「青柴垣神事」は、一説では「神の葬式」とも呼ばれている。

この場面に関しても非常に謎が多い。

しかし、どちらにしてもこの辺りの謎は、現地に足を運んでみてから考える。そして、これ以上具体的な旅程は、旅行会社の彼女と打ち合わせなくては。それに、実際に動いてみないと、まだ何がどうなるか分からない。予想もつかない発見や、とても歓迎できないが、突発的な出来事に遭遇してしまう可能性だって、なきにしもあらず。

ひょっとしたら、八重垣神社の御利益が早速発揮されて、いきなり素敵な出会いがあるかも知れない！

ほんわか酔った頭で、そんなことまで考えた。

《大蛇雲の山》

結局、菅原陽子の遺体に残されていた金色の簪とつげの櫛は、現場近くの店で販売している物ではないことが判明した。

両方とも新品同様で、誰かが使い込んだ物でもなかった。また、個人的にあつらえたような高級品ではなく、ごく一般的に販売されている物だった。故に犯人は、この二品を他地区か他府県、あるいはインターネットなどの通販で、購入したものと推察された。

犯人としては、単に「簪」と「櫛」であれば、品物は選ばなかったということになるのだが、今回の事件のためにわざわざ購入したことは間違いない。

犯人がそれらを遺体に残しておいた理由は、未だ分かっていないのだが、この犯行に合理的な説明がつくのだろうか。

まず単純に考えてみても、遺体の左眼に突き立てた簪と、髪に飾った櫛の釣り合いが取れない。

　それはもしかすると松原が言ったように、死後に簪を突き刺すなどという残酷な犯行に及んだ犯人の、供養、あるいは贖罪の気持ちだったのかも知れない。もしも犯人が、死後の世界や怨霊を恐れていれば。

　だが……。

　死後の世界を恐れている人間が、あんな場所であんな犯行に及ぶだろうか？

　矛盾だらけだ。単なる、猟奇的殺人事件と考えた方が素直なのかも知れない。

　藤平が、自分の顎を捻《ひね》りながら脚を組み替えた時、

「警部」と松原が近寄って来た。「被害者に関してなんですが」

「何か分かったか？」

　相変わらず顎を捻りながら尋ねる藤平に、

「はい」と松原は、開いた手帳に目を落としながら説明する。「先ほど、揖夜《いや》神社の社務員が口にした『ちょっと変わったところがありました』という言葉と、黄泉《よもつ》神社宮司の柳田吾郎の言った、被害者は『鬼や幽霊のような物が見えたとか見えないとか』という言葉が気になっていたもので、ちょっと聞き込みに行って来ました」

「ああ」と藤平も頷く。「俺も、あの部分は引っかかってたんだ。社務員は、つい口

走ってしまって焦っていたようだったし、柳田宮司も、すぐに口を挟んできた」

「そうなんです。それで、神社周辺で訊いてきましたところ、被害者は、職業としての霊能力者や占い師ではなかったものの、そういった面で、色々な相談に乗っていたようです」

「そういった面？」

「いわゆる『憑き物』などでしょうかね」

「なんだと」藤平は、思いきり顔をしかめた。「狐憑きとか、そういったやつかよ」

「さすがに現在では、そういった怪しげなモノはないようですが、先祖の霊とか、悪霊とか、生霊とかのようです。いわゆる霊障《れいしょう》というやつですね」

「ほう……」

「自分としては全く信じられないんですが、地元の一部の人たちには、かなりリアルな話として受け入れられていたようです。警部はどう感じられます？」

もちろん、藤平も全く信じていない。

この世の生命体一つ一つに「霊魂」が存在していたら、そして死後にそれらが浮遊するとしたら、地球上が霊魂で埋まってしまうではないか。

そこで藤平は首を横に振りながら、

「しかし実際に」と松原に尋ねる。「被害者と、そんな話をした人間がいたんだな」

「はい。但し、被害者から話を持ちかけたことはないようで、あくまでも相手側からの相談に応えるという形のようでしたが。そして、問題を解決してあげていた」

「ということは、被害者は『霊障』を落とすことができたと？」

「『救うことができないのなら、破滅を説いてはいけない』というのが、被害者の信念だったようで、口に出した以上は必ず落とす……。いえ、これもあくまでも本人の言葉のようですが」

「それで、相談に来た人間は、ちゃんと元気になって帰って行くってわけか。まあ……『病は気から』とも言うからな。そうでなくとも、ほら、何と言ったか——」

「プラセボ効果ですね。偽物の薬を飲んでも、その安心感だけで病気が治癒に向かうという」

「それだ」と言ってから、藤平は顔をしかめた。「だが、一般の人間には見えないモノが取り憑いていると言われても、果たしてそれが嘘か本当なのかなど、誰にも説明できないからな。そして、それが落ちたために不調が治った、と言われても何一つ証明できない」

「ただ、ここが問題なんですが」と松原は、真剣な眼差しで藤平を見た。「今言ったように、それを信じている人間が何人もいたようなんです。被害者の見立ては当たると。しかも『私はあくまでも素人だから、その代金はいらない』と」

「それは良心的だ」

藤平は苦笑した。当たり前と言えば、当たり前のような気がする。

「ということは……」と藤平は松原を見返す。「大西留美も、やはりそういった相談事を、被害者に持ちかけていたってことか」

「おそらくは」

「じゃあ、被害者が最近受けた面倒な相談事っていうのは、ひょっとすると大西留美からの話ということも――」

「大いにあり得ます」

「それで、彼女の態度がおかしかったのかな。それが今回直接、事件と関係あるのかないのかは分からんが、やはり改めて、彼女から話を聞く必要がありそうだ」

「その辺りの話には、異常に触れてもらいたくなさそうでしたし。今、改めて彼女と連絡を取っています」

「ああ」

藤平は頷く。

それが、単なる個人的な理由で話したくなかったのか、それとも、この事件との関わり合いが分かってしまうからだったのか。

ただ、どちらにしても口を開いてもらうためには、もう少しきっかけが必要だ。新しい情報が。だがそれも、話を聞いているうちに、何か浮かんでくる可能性もある。

藤平が腕を組んだ時、

「巡査部長！」一人の若い刑事が、捜査一課の部屋に飛び込んで来た。「例の、大西留美なんですが」

「どうした？」

顔を上げて尋ねる松原に向かって、その刑事は首を捻りながら答えた。

「全く連絡が取れません」

「何だって？　まさかこんな時、どこかに遊びに行ってるってこともないだろう」

「家族にも当たってみたんですが、やはり連絡が取れないようです。今朝、揖夜神社に行くと言って、家を出たきりのようで」

藤平たちは、反射的に時計に目をやった。

神社の社務所で会ってから、七時間ほど経っている。

「ちょっと、引っかかりますね」松原が顔をしかめながら藤平を見た。「神社に訊いてみますか」

「念のためだ、直接行ってみよう」

その言葉に松原も頷き、刑事には引き続き連絡を取ってみるようにと言い残して、二人は揃って捜査一課を出た。

＊

雅は朝一番で、出雲空港行きのＪＡＬに乗り込んだ。羽田空港から四百五マイル。一時間三十分ほどのフライトで、出雲空港に到着する。

塔子の友人に無理矢理頼み込んで、到着後はほぼ自由行動のツアーに、何とか潜り込ませてもらったのだ。但し、出雲大社までは一緒に行動してくれと言われた。そこで皆と別れても構わないから、と。でもそれは、雅にとっても都合が良かったので、すぐにＯＫして、ツアーに（参加という形で）便乗させてもらった。

本当は、その後の行程の「古代出雲歴史博物館」から、出雲蕎麦お代わり自由の昼食まで一緒にいられると、入館料や食事代も浮いて嬉しかったのだが、大社で費やす時間が読めない。「では今から四十五分後に、ここに集合してください」と言われたところで、とても時間を守れる自信はなかった。

そこで、行きと帰りの飛行機だけ便乗させてもらい、温泉と豪華夕食つきの旅館もパスして、何かと身動きが取れて融通が利く、松江市内のビジネスホテルを連泊で予約してある。

でも、さすが松江。そのホテルにも、温泉がついていた。

これは、いきなりラッキー。きっと良いことが待っている！

雅は、そろそろと動き出した飛行機のシートに体を預けると、目を閉じた。


空港に到着すると雅は皆の後について、素戔嗚尊のオブジェの飾られている到着ロビーを出る。ここから大社までは直通バスに乗って、約三十五分。

天気は快晴、気温十六度。

風も凪《な》いで、最高の気分！

羽田空港を発ってしまえば、二時間ほどで出雲大社「正門前」に到着することができる。思ったよりも、遠くない。

〝大社へ到着するまでに、バスの中で一ヵ所だけ資料で確認しておこう〟

雅は、バッグから『書紀』を取り出して開く。幸いバスは、広い舗装道路を余り横揺れすることもなく快適に走っているので、読書には何の問題もなさそう。周りを見れば、他の観光客たちもそれぞれ、出雲大社や玉造温泉や松江市内のパンフレットなどを広げて、楽しそうに歓談していた。

そんな中、雅は真剣な顔つきで『書紀』のページに視線を落とす。「崇神紀《すじん》」だ。

大国主命が、出雲に祀られるようになった起源ともいうべき出来事が書かれている。

その年、大国主命は天照大神と共に、朝廷から追い出されてしまったという話――。

この「崇神紀」五年・六年の条には、大国主命と朝廷との確執が記されている。

五年には、日本国内に疾病が多発して、「民の死亡するもの、半ば以上に及ぶほどであった」とある。また六年には、百姓《おおみたから》が農耕をおろそかにし、流浪民となったり、朝廷に叛逆したりする者が続出したという。

「百姓流離《さすら》へぬ。或いは背叛《そむ》くもの有り。其の勢《いきおい》、徳《うつくしび》を以て治めむこと難し」

とある。

大変な事態だ。

そのため天皇は、朝夕に神の怒りを恐れ畏み、天神地祇に対して祈り、謝罪を繰り返したと記されている。でも、崇神天皇は一体何をそんなに恐れ、謝罪しなければならなかったのだろう――。

その理由に関して『書紀』は、こう述べている。

崇神天皇は当初、天照大神や、倭大国魂神《やまとのおおくにたま》の二神と一緒に朝廷で三頭政治を行い、この国の百姓たちを治めていた。しかし、天照大神と大国魂神の神威が、天皇を凌《しの》いで余りあるために、とても一緒に住むことはできないといって、二柱の神をともども三輪山の山麓に追放してしまった。

「二《ふたはしら》の神を、天皇《すめらみこと》の大殿《みあらか》の内に並祭《いわいまつ》る。然《しこう》して其の神の勢を畏《おそ》りて、共に住みたまふに安《やす》からず」

ということだ。これが諸々のわざわいの原因になったと、『書紀』は、微かな反省をこめて記述している。

ここから、天照大神は伊勢の地に辿り着くまで、延々と流浪を繰り返し、大国魂神も流離《さすら》うわけなのだが……。

しかしここで、倭大国魂に関する注がある。

記伝（古事記伝）は倭の大国魂神をも大国主命とするのは誤りとする。但し次第に同一視されるようになり、大倭神社注進状は「伝聞大国魂神者、大己貴神之荒魂」とする。

云々──。

大国魂神や、大己貴神や、大物主神は、大国主命とは別の神なのか？

もしもそうだとしたら、なぜ混同されるようなことが起こったのか？

そしてそれは、単なるミスだったのか、編集途中の偶発的な事故だったのか、それとも──あえて意図的に行われたのか。

〝分からないことだらけ……〟

雅は目を開けて、窓の外をのどかに流れて行く田園風景と、遠く緑の山を眺めた。

実は、出雲に行って来ますと御子神に告げた時、

「疑問点や質問、もしくは新しく気づいたことなどがあったら、研究室か、もしくはぼくに直接電話して良い」

と言われてきた。

いや！　これらの謎は、少しでも多く自力で解く。そして、御子神や波木たちを見返してやらなくては。

でも正直言うと……。

いきなり怒濤のような謎の大波に翻弄されて、不安な気持ちに押し潰されたまま、雅は窓の外の景色を眺めていた。

＊

藤平たちは午後五時ギリギリで、揖夜神社社務所に駆け込んだ。

そこで、用事を済ませて戻って来たばかりの宮司と、朝の社務員に事情を伝え、話を聞かせてもらうことになった。

社務員の話では、あの後、社務所を出て以来、留美からは何の連絡もないし、もちろん姿を見かけてもいないという。

「大西留美さんが、ここを出られた時に」と藤平は二人に尋ねた。「何か変わった様子は、感じられませんでしたか？」

いいえ、と社務員は首を横に振った。

「さすがに元気はないようでしたが……。柳田宮司もいらっしゃいましたので、途中までご一緒に帰られたんじゃないでしょうか」

「黄泉神社の宮司さんでしたね」

「はい……」

「残念ながら私は、今まで耳にしたことがなかったんですが、その黄泉神社はここから近いんですか？」

ええ、と今度は宮司が答えた。

「ここから、黄泉比良坂に向かう途中です。余り知られていないですが、かなり古い神社ですよ」

「ということは、歩いて行かれる距離ですな」

その問いに大きく頷く宮司の前で、藤平と松原は視線を交わす。寄ってみるしかないだろうと思って詳しい場所を尋ねると、社務員が地元の地図で説明してくれて、更に宮司が、

「もし行かれるようでしたら、社務所が閉まってしまうといけませんから、私から電話を入れておきましょうか」

と言ってくれたので、藤平たちはよろしくとお願いして、二人に礼を述べると揖夜神社を後にした。

狭い駐車場に車を停めて、二人は黄泉神社の苔むした鳥居をくぐった。細い参道の

両脇には、ポツリポツリとオレンジ色の灯籠の明かりが点っている。暗い参道の先に見えている狭い境内も、年季の入った小さな社殿も、全てが緑の中に埋もれてしまっているような神社だった。

時間は夕方。しかも、社務所も閉じられていたために深閑としているのだろうが、おそらくそうでなくとも、重苦しく厳粛な空気を全身に感じる。普通の神社とは違う「何か」が、辺り一面に漂っていた。それはまるで、幼い頃に初めて黄泉比良坂に行った時に感じたような「何か」だった……。

しかし今は、そんなナイーブな感情に捕らわれている時ではない。藤平は、やはり恐々と辺りを窺うようにして歩いている松原と共に、社務所へと向かった。

そして「不在時には押してください」と書かれた小さな紙が貼られているチャイムを押すと、社務所の奥から「はい」という返事があり、ガラリと入口の引き戸が開くと、中から紫の袴を穿いた白衣姿の柳田吾郎が現れた。

藤平たちが挨拶すると吾郎は、

「連絡を受けていますす」

と答えて、二人を奥へと誘う。

するとそこではもう一人、地味だが端正な洋服に身を包んだ、痩せ形の女性が椅子に腰を下ろしていた。吾郎よりもかなり年下に思えたが、青白い顔の上に、とても線が細そうなので、吾郎よりもなお一層暗そうな印象を受ける。

吾郎の紹介によれば、やはりこの近くに住んでいるという。

「三隅純子《みすみじゆんこ》と申します」

女性は、ゆっくり丁寧に頭を下げた。

そこで藤平たちも、警察手帳を提示して自己紹介する。

話によれば、純子は吾郎や留美とも知り合いなのだそうだ。留美より少し年上だが、二人とも独身だと言った。

そこで、留美と連絡が取れないという話をして、何か心当たりはないかと尋ねたが、全く分からないということだった。

「先ほどの電話で、揖夜神社の宮司さんもおっしゃっていましたが」吾郎は顔を歪めながら答えた。「私どもは、全く——」

その言葉に弱々しく同意する純子に向かって藤平が、

「あなたは、留美さんをご存じなんですね」

と尋ねると、

「はい……」純子は俯いたまま答えた。「それほど親しくはありませんが」

「では、ひょっとして今回の事件の被害者の、菅原陽子さんとも？」

「陽子さんとも、知り合いと言えば知り合いですが……」

「では、どういったご関係なんでしょうか」

「小さい町ですので、お互いに顔は知っている程度です」

「ちょっとお訊きしてもよろしいでしょうか」

「私に分かることであれば」

「先ほど、宮司さんからお聞きしたんですが」と言って藤平は尋ねた。「陽子さんは留美さんも含めて、地元の人たちの相談に乗っていらっしゃったという話なんですが、あなたはそのような噂を耳にしたことがありますか？」

「存じ上げております」

「たとえば、それはどんな？」

いいえ、と純子は軽く首を横に振った。

「内容に関しては、全く」

「それについてなんですが」と今度は、松原が尋ねた。「陽子さんは、色々な『何か』が見えるとおっしゃっていたそうなんです。そんなことに関しても、ご存じありませんかね」

「色々な『何か』とは？」

「それは」と松原は、鼻白みながら答えた。「その……自分たちには見えない『何か』……霊とか鬼とか」

「そういうことも、あっておかしくはないでしょうね。どこか不思議ですか？」

「ということは、あなたもそのようなモノの存在を、信じていらっしゃるんですね」

「信じるとか信じないとかいう問題ではありません。この世には、私たちの目に見えない何モノかが存在していることだけは、間違いありませんから。きっと陽子さんは、そういったモノをご覧になることができたんでしょう」

「しかし自分は」松原は苦笑した。「そんなモノを、一度も見たことはありませんが」

「あなたがご覧になっていないという理由で、それらの存在を否定することはできないでしょうね」

「そうかも知れませんが、科学的な方法によっても確かめられるでしょう」

「私は」と純子は、チラリと視線を上げた。「こういった議論は好きではないのですが、はっきり申し上げて、あなたのご意見には賛成できかねます」

「どうしてですか？」

「簡単な話です。何故ならば、科学で証明できるのは『科学で証明できるもの』だけにすぎないからです」

「え……」

「目に見えない空気や磁力や電磁波は、科学で証明できるでしょう。でも、たとえば『人の気持ち』はどうですか」

「文字や言葉で表せますよ」

「それらによっても表現できない愛情は？」

「行動によって『見る』ことが可能です」

「では、神の愛は？」

「神の愛、というと、キリスト教のようなですか」

「違います。日本の八百万の神々の愛です」

「それは……」

松原は、変な人間に絡まれてしまいました、というような困惑顔で藤平に救いを求めた。そこで、藤平が代わる。

「神様自体も、我々には見えませんからね。確かにそれは、二重に見えない」

「故に、神は存在しないと？」

「私には、分かりませんな」藤平は肩を竦める。「個人的には、きっとどこかに存在していると思いたいですが、どちらにしても、私には見ることができませんからね。さて、申し訳ありませんが、そんな話よりも現実の話を──」

「私は」純子は藤平を冷たく見た。「さっきからずっと、現実の話をしているんです」

「それは失礼しました」藤平は苦笑いして頭を下げるしかない。「だが、私たちには自分の目の前にある物しか見えないというのも、現実なんですよ」

「見えている以上のモノを見ようとなさらないから、ご覧になることができないのです。自らご自分の目を塞いでしまわれている」

「ということは、あなたも『何か』を見ることができるというわけですね」

「ご想像にお任せします。といっても」純子も、軽く微笑んだ。「私も、たとえば陽子さんと同じモノを見ているのかと問われれば、それは分かりませんとお答えするしかありませんけれど」

「しかし、彼女が『何か』を見ていたであろうことは認める」

「厳密に言えば、それすら断定できません。ですから私は、こういった議論は好きではないと申し上げたんです。結局最後は、不可知論になってしまいますので」

「了解しました」藤平は、素直に認めた。「あなたの、おっしゃりたかったことに関しては。さて……それで、もう一つお尋ねしたい」

「何でしょうか？」

「そもそも、どうして今、あなたはここにいらっしゃるんですか。お見かけしたところ、この神社の巫女さんとも思えませんし、かといって氏子さんだとしても、もう社務所も閉まっている時間ですし」

「実は――」純子は、青白い顔を上げた。「私の方が、柳田宮司さんにご相談がありましたので」

「あなたが？　もしもそれがこの事件に関係しているようなことであれば、その内容を。もちろん、差し支えのない範囲で構いませんので」

はい、と純子は続けた。

「先ほど、家のポストにこんな手紙が入っていたのを見つけたもので」

純子は、一枚の一筆箋を二人に見せる。淡いピンクの桜吹雪が薄く印刷されている、お洒落な一筆箋だった。

しかし藤平と松原の視線は、たった一行だけ記されている弱々しい文字に釘付けになった。というのもそこには、

「すみませんでした。ごめんなさい。大西留美」

とだけ書かれていたのだ。

「これは！」松原は純子を、そして吾郎を見た。「大西さんからのメッセージじゃないですかっ」

「はい」

純子は、ゆっくりと頷いた。

その冷静な姿を呆れたように見つめながら、

〝これを先に出さんか！〟

という、喉まで出かかった言葉を呑み込んで、藤平は勢い込んで尋ねる。

「これは、大西さんの直筆ですか？」

その問いに、

「はい、間違いなく」と吾郎が答えた。「彼女の筆跡は、何度も見ています。というのも、彼女は摂夜神社だけでなく、こちらの神社にも絵馬を奉納されていますので。あそこに残っています」

「しかし、これはどういう意味なんでしょう。何故、何を謝っているんですか？」

「それが分からず」純子は再び俯いた。「こうして宮司さんに、ご相談に……」

「私も」と吾郎が言う。「やはり、警察の方にお見せした方が良いのではないかと思い、今そんなことを話していたんです。するとちょうど、揖夜神社の宮司さんから連絡が入って、これから藤平さんたちがこちらの神社に向かうと」

〝おいおい。じゃあ尚更、早く言ってくれよ！〟

二人とも、まるで違う世界の出来事のように、やけに落ち着いている。それとも自分たちの方が、仕事柄、せっかちになってしまっているのか？

藤平は一回深呼吸すると、

「ちょっと失礼」

と二人に断って、松原を呼び寄せると耳打ちする。

「どう思う？」

「大西は、重要参考人レベルでは済まないかも知れません」

「自ら失踪したというわけか」

「はい」

「改めて、全力を挙げての捜索を命じてくれ」

「分かりました！」

松原が、携帯を片手に社務所の外に飛び出して行くと、

「三隅さん」と藤平は、純子に向いた。「そのお手紙を、一旦我々にお預けいただきたいのですが、よろしいでしょうか」

「本当に彼女が書いた物かどうかならば」純子は、大きく目を見開いて一筆箋を見た。「すぐに分かりますけど」

「いや、そういった意味ではなく……取りあえず、私に貸していただきたい。後ほど、必ずお返しいたしますので」

「そういうことであれば……」純子は、素直に首肯した。「どうぞ、お持ちください」

藤平は、その他の細かい話をいくつか尋ねると、二人に御礼を述べて社務所を出た。


県警との連絡を終えて駐車場で待っていた松原と共に車に乗り込むと、アクセルを踏み込みながら松原は言った。

「何か、大変なことになってきましたが、その後、やはり大西留美とは、全く連絡が取れないようです。家族の方も、とても心配されているということでした」

それを聞いて藤平は、先ほどの一筆箋を慎重にハンカチに包みこみながら答える。

「これは、単なる失踪じゃあ済まなそうだ」

「もしも大西留美が、この事件に深く関与しているとするなら、彼女の取っている行動は、遠方への逃避行か、あるいは自殺を考えている可能性すら否定できません」

「取りあえず、この一筆箋を鑑識に回して、指紋照合を頼もう。あと、念のために科捜研でDNA鑑定も。そうすれば、本人の物かどうか、すぐに分かる」

藤平はシートに体を預けると嘆息した。

「余り喜ばしくはない展開になってきたな」

＊

直通バスは、時刻通りに出雲大社「正門前」に到着した。

そこで雅は、最初から添乗員に伝えてあった通り、ツアーの客と別れて単独行動に移った。

雅は「出雲大社」とある大きな社号標を横目に、勢溜《せいだまり》二の鳥居をくぐった。勢溜というのは、松林を切り拓いて造られた広場で、昔はこの場所に歌舞伎小屋などが建てられ、祭礼の際などには大賑わいを見せたらしい。

この勢溜から、真っ直ぐ西の海岸沿いへと向かっている道が「神迎《かみむかえ》の道」で、稲佐の浜から上陸された神々が、この道を通って出雲大社へと向かわれる。

そういえば。

出雲は、歌舞伎の始祖「阿国《おくに》」の出身地だ。阿国は、出雲大社の巫女であったとも伝えられている女性で、この近くに墓もあるらしい。

時間があれば寄ってみようと思いながら、雅は長い下り坂の参道を進む。どうして、こんなに下り坂になっているのかは謎だったが、そのまま祓社《はらえのやしろ》を過ぎて、素鵞《そが》川にかかる祓橋《はらえのはし》を渡る。

橋を渡り終えた所にある、鉄製の三の鳥居をくぐると、樹齢三百五十年を超える松が両側に立ち並ぶ、いわゆる「松の参道」を歩いた。距離、二百メートルもあろうかという参道が終わると、左手に手水舎《てみずや》があった。

雅はそこで手と口をすすぐと、大国主命のモニュメントを横目に、銅鳥居の前に立った。この先が「出雲大社荒垣内《いずものおおやしろあらがきない》」。

いよいよ、大社の神域だ。

この銅鳥居は、撫でながら一周するとお金が入るといわれているらしいから、それを信じて大勢の人が触れたとみえて、ちょうど手を伸ばして触れる辺りが、つやつやになっていた。

雅は鳥居をくぐると、緩くカーヴしている参道を進み、拝殿前に進んだ。

総檜《そうひのき》造り。高さ十三メートルの立派な拝殿だ。しかし最も特徴的なのは、大小の屋根が右手で重なり合うようにして建っているという、「大社造り」と切妻《きりづま》造りの折衷。

拝殿正面頭上の向拝には、太さ約三メートル、長さ約六・五メートル、重量約一トンという大注連縄が掛かっている。しかも、その向きは拝殿に向かって「左が本、右が末」となっており、通常の注連縄とは逆になっている。

これに関しては、大社の公式見解を含め、さまざまな説があるが、個人的には歴史作家の井沢元彦《いざわもとひこ》の説が一番面白いと思っている。つまり、大怨霊である大国主命を、本殿の外に出さないため、という。

その真偽は、まだ何とも言えないが、もしかすると今回、何かヒントがつかめるかも知れない。

雅は、拝殿の前に立つと、出雲大社での参拝方法「二礼・四拍手・一礼」できちんとお参りした。

〝謎が解けますように。できれば、ヒントだけでもいただけると嬉しいです……〟

非常に自分勝手な願い事だったが、切実なのも本当。

拝殿の向こう、本殿をぐるりと囲んでいる瑞垣《みずがき》の東西には「御旅社」と呼ばれる、神在月に全国から集まって来られた神々の宿舎となる「十九社《じゅうく》」がある。今は三月なので、当然、社の扉は固く閉ざされていたが、十月になれば開くらしい。

雅はそのまま、真新しい仮殿の横を通り過ぎて本殿へと向かう。拝殿真後ろ、回廊正面の広い石段を数段上れば、桁行《けたゆき》三間、梁間《はりま》二間の妻破風《つまはふ》造り檜皮葺《ひわだぶ》きの「八足門《やつあしもん》」がある。この門は、正月五日までに限って門が開かれ、一般参詣者も楼門前まで進むことができる。楼門は、高さ約九メートル。重層入母屋《いりもや》造り。二階には、高欄《こうらん》が巡らされている。

その後ろに建っているのが本殿だ。

切妻造り、妻入り、檜皮葺き。

伊勢神宮の神明造りと並ぶ古式建築様式で「大社造り」と呼ばれ、「外削ぎの男千木《おちぎ》」と、三本の「鰹木《かつおぎ》」を載せている。

ちなみにこの「千木」は、社殿の屋上にある破風の先端が延びて交差したもので、切断面が地面と垂直になっている物を「男千木」と呼んで男神を祀り、切断面が地面と水平になっている物は「女千木《め》」と呼ばれて女神が鎮座しているといわれている。

また「鰹木」というのは、本殿の屋根の棟木の上に、横たえて並べられた円柱状の木のことで、これは装飾だとも、重しの役目を担っているともいわれている。そして、この「鰹木」が奇数本ならば男神、偶数本ならば女神とされている。

ところが、ここで問題がある。

神社の中の神社、伊勢神宮などでは、内宮《ないくう》は天照大神、外宮《げくう》は豊受《とようけ》大神という女神二柱なのに、何故か外宮の千木は「男千木」で、奇数本の「鰹木」を載せている。

だからそのため「女千木・男千木」や「鰹木の本数」と、女神・男神との間に関係はないのではないかという説もある。

だが、学生時代の授業で水野教授は、それを完全に否定した。もちろん長年の移築や政治的介入によって、混同されてしまっている例はある。しかし、由緒正しい大きな神社に関しては、間違ってもそういうことはない、と断言した。

そこで、それならばどうして伊勢神宮・外宮は「男千木」で「奇数本の鰹木」なのかという質問が学生から上がった。すると水野教授はただ笑って、

「これは、歴史学にとっても民俗学にとっても、非常に面白い問題です。ですから、みなさんも自分で考えてみてください」

とだけ受け流して、その日の講義に移ってしまった。

もちろん、雅も一所懸命に考えてみたが、何一つ分からないまま、現在にまで至っている。

そんなことも一つの理由で伊勢を選ぶのを止めたものの……。

〝出雲も、かなり手強いわ〟

雅は歩きながら、立派な本殿を睨む。

この本殿に関して『古事記』にはこうある。先ほどの話の続きだ。

ついに大国主命は、高天原の神たちからの国譲りの要求を呑んで葦原中国を全て献上し、幽界に隠れることとなった。端的に言えば「死んだ」あるいは「殺された」わけになる。そして、その代わりとして出した条件が、この壮大な神殿——出雲大社だといわれている。

また、その立派さに関しては、いくつかの証言が残っている。

たとえば、鎌倉時代初期の歌僧で「百人一首」にも登場する寂蓮《じゃくれん》法師が実際に目にした折には、

やはらぐる光や空に満ちぬらん
　雲に分け入る千木の片そぎ

と詠んだと『夫木抄《ふぼくしょう》』に載っている。

つまり、例の「男千木」が「雲に分け入」っているというわけで、出雲大社の本殿の大きさや、高さを称賛した歌とされている。

また、平安時代に源為憲《みなもとのためのり》が、子供用の教養書として編んだ『口遊《くちずさみ》』に「雲太《うんた》・和二《わに》・京三《きようさん》」という言葉が載っている。

これは、当時の日本で一番高い建物が出雲大社、続いて奈良の東大寺、そして京都の大極殿《だいごくでん》が続くという意味だ。そしてここで重要なのは、東大寺大仏殿は十五丈といわれているから、当然、出雲大社本殿はそれを上まわっていたと考えられ、一説では十六丈あったともいう。

しかし一方では、それはあくまでも単なる伝説や伝承で、出雲大社を大袈裟に誉め称えただけ、という説が長い間の歴史学・民俗学の主流だった。

というのも、一丈は現在に換算すると約三メートルだから、十六丈は約四十八メートル。すると、何とこれは、一般的なビルの十二、三階分に匹敵してしまうからだ。まさか当時、本当にそんな高い建物など存在しなかっただろう、というのが常識的な見解だった。

ところが、八年前の平成十二年（二〇〇〇）に、境内の八足門前の地中から、巨大な柱根が発見された。雅は、まだ中学生だったが、大ニュースとして色々な場面で取り上げられていたことを憶えている。それくらい、センセーショナルな発見だった。

何しろこの発見によって、それまでは単なる伝説といわれてきた、高さ十六丈の本殿の存在が確認されたからだ。

だが、それらが記されている文献を調べると、太古にはその二倍の高さがあったというのである。

ということは、約九十六メートル！

まさに高層マンション並みの、とても想像できない高さではないか。実際にその柱根を目にしなかったら、誰もが単なる伝説だと思ってしまうのも無理はない。

雅は、そんなことを思い出しながら、観祭楼《かんさいろう》を左折して、本殿をぐるりと取り囲んでいる瑞垣に沿って歩く。ここからだと、それこそ千木や鰹木しか仰ぎ見ることができないが、それでも充分に本殿の立派さは伝わってくる。

〝そういえば……〟

そんな本殿の遷座祭が、今年執り行われると、御子神が言っていた。関係する資料には、

「この度『平成の御遷宮』をお仕え継ぎ致します。

平成二十年（二〇〇八）四月二十日には、大国主大神様を、仮のお住まいの御仮殿（現拝殿）にお遷し申し上げる『仮殿遷座祭』をお仕え致し、御修造が整います平成二十五年（二〇一三）には、元の御本殿にお還りいただきます『本殿遷座祭』をお仕え致します」

――云々とあった。

本殿遷座祭に先だって執り行われる仮殿遷座祭というのは、本殿大屋根の膨大な量の檜皮の葺き替えなどを行う間、主祭神である大国主命を仮の本殿に遷し、修造が終わるまでそこに鎮座いただくための祭りだ。

ちなみに、本殿や摂社・末社の修造――屋根の葺き替えと修理は、大勢の工匠《こうしょう》たちの手作業によって行われるらしい。これは、たとえば本殿だけでも、大屋根の面積は百七十七坪――約五百八十四平方メートル、その厚さは約九十センチメートルというから、実に大変な作業だ。

しかも今回は、特注特大の「四尺皮」を始めとして、計四十一トン、七十一万枚にも及ぶ膨大な檜皮が使用されるという。その他、千木や鰹木や床周りの修理などもあり、全てが完了するまでに五年を要するのだという。

〝凄い〟

雅は、素直に感動した。

そして今年、御子神の言うように、大遷宮を記念して、本殿一般拝観も行われるらしかった。つまり、本殿に登れる！

日にちは四月二十一日を皮切りに、休みを挟んで八月十七日まで、計三十七日間限定と案内にあった。但し拝観に際しては、ドレスコードがあるという。ジーパン、短パン、サンダル禁止だそうだ。当然といえば当然。

雅は、ゴクリと息を呑む。

〝本殿に登ってみたい！〟

正月でも一般参拝客は、楼門までしか進むことができないのだから。しかし、約六十年に一度だけ本殿に登ることができる。それが何と、今年！

大社本殿に関しての説明書きに目を落とすとそこには、こう書かれていた。

「御本殿を形作る周囲八本の御柱はすべて円柱で、殿内の中心には心御柱《しんのみはしら》（岩根御柱）と称する太柱があります。この心御柱と向かって右側の側柱との間は板壁となって殿内が仕切られ、この壁の奥に御内殿（御神座）があります。御神座は南向きではなく、西向きに御鎮座されています」

ここも、謎の一つとされている部分だ。

つまり参拝客は、本殿正面に立っている限り、主祭神である大国主命の「左の顔」しか拝むことができない。だから雅は、この瑞垣に沿って西側まで回り、そこから改めて参拝しようと決めていた。そうすれば、大国主命を正面から拝むことができる。

そして次。

「『八雲の図』
八雲は造営遷宮に際して、二百五十年ほど前に描かれたものであるが、起源については詳《つまび》らかではない。
下段中央にある最も大きい雲は『心《しん》の雲』といい、遷宮斎行直前の午の刻（正午）、黒雲の部分に『心』入れという秘儀が行われた。これにより『天下泰平・国土安穏・朝廷宝位無動・仁民御幸給』等が祈られ、子の刻（午前零時）、遷宮が斎行された。雲の配置、配色、逆向の一雲等、秘められたものが多い。天上の神の世界との境界を表しているといわれている。

しかし最大の謎は『八雲』なのに『七雲』しか描かれていないことである」

とあった。

確かにこれもまた、大きな謎だ。

もう既に、無数の謎に包まれてしまい、収拾がつかなくなっているけど、全部まとめて考えることにして、雅は先へと進む。

この大社に関連する古文書などの保管のために建てられた、いわゆる図書館——「文庫《ふみくら》」を正面に見ながら、瑞垣の角を左に曲がり、西方向へと進む。

すると、すぐ右手に、小さな社が姿を現した。

素鵞《そが》社だ。

やはり、大社造りの社殿になっているのだが、大きさはとても比較にならない。というより、この社は周囲の木々に埋もれてしまっていて、観光客は滅多に来ないのではないか。

しかし、雅はその石段を登って参拝する。

祭神はもちろん、素戔嗚尊。

社の横に立てられている由緒書きにも書かれている、

「素戔嗚尊は三貴子（天照大神、月読尊《つくよみ》、素戔嗚尊）中の一柱であられ――云々」

という文章を読んでいると、地元の人間らしき老人が、一人で参拝にやって来た。

雅が何気なく眺めていると、その老人は、大社の一番奥に建っているこの社の、更に裏手へと進んで行く。

何かあるのか？

訝しんだ雅が、そっと後を追って歩いて行くと、老人は素鵞社の真後ろにそそり立つ、崖のような大岩の前で深々と丁寧に一礼した。そしてまた、ひょこひょこと歩きだす。

その様子を見て雅は、

「す、すみません」と声をかける。「あ、あの……ちょっと伺いたいんですけど、この岩は？」

するとその老人は「はあ」と雅を振り返った。

「お嬢さんは、どちらから？」

そこで雅が、東京から来ましたと簡単に答えると老人は、

「ここの大社は、初めてかね」

と尋ねてくる。雅が素直に「はい」と頷くと、

「そうかね」と老人は皺だらけの顔で、ニコニコと笑った。「じゃあ、覚えて行ってな。ここが、この大社さんの一番大事な場所なんじゃよ。みんな、八足門の前で御本殿を拝んで帰ってしまうんだがね」

「ここが……？」

「ああ」と老人は真面目な顔に戻って頷いた。「この場所が、本物の大社さんじゃ」

「でも」と雅は、大きな岩を眺めた。「この岩は——？」

「わしも、詳しい話は知らん。しかし、小さい頃から、ずっとそう教わってきた。ほれ、その証拠に」

老人は社殿脇を指差した。

「あそこに、たくさんの砂が積まれとるじゃろ」

「は、はい」

確かに、社殿脇の回廊の下の空間には、白っぽい砂が山のように積まれていた。一体、どういうわけだろうと雅が眺めていると、

「あれはな」老人が言う。「稲佐《いなさ》の浜の砂なんじゃ」

「稲佐の浜の？」というと、大国主命が国譲りをした」

つまり、と老人は言う。

「この出雲国を、奪われてしまった場所じゃ」

「え……」

「そんなことで」と老人は続けた。「わしらは、何か願い事がある時には、あの浜から砂を拾ってきて、ここの素鵞社さんに、よろしくお願いいたしますと奉納するのが習慣になっとる。もちろん、よそから来た人は知らんだろうがな。まあ、折角だから、お嬢さんも何か願い事があったら、そうしたら良いぞ。きっと、叶えてもらえるから」

そう言うと老人は、くしゃくしゃの顔で笑った。

「ようお参りされました」

そして雅に向かって手を合わせると、またしても、ひょこひょこと去って行ってしまった。

一人残された雅は、呆然とその後ろ姿を見送る。

〝何なの……一体？〟

雅は社の脇に立ち竦んだまま、呆然とその白い砂を眺めていた。

素鵞社近くに建っている、大社の宝物や遺品などを展示している「彰古館《しょうこ》」を見学して、雅は再び瑞垣沿いの道に戻ると、本殿真西の位置で立ち止まる。

そして本殿西――おそらく、大国主命の正面と思われる場所で深く拝礼し、四拍手を打ってお参りした。

この四拍手は「死拍手」なのではないかという説もある。ひょっとすると本当にそうなのかも知れないが、基本的に昔から、柏手は何回打つべきかという規則はなかった。この「二礼二拍手一礼」という、日本の神社独特の「作法」が考えられたのは、明治八年（一八七五）、そして一般に周知されたのは、何と昭和二十三年（一九四八）だ。

ほんの少しだけ昔の話ではないか。

しかもそれらは、神宮次第や神社次第などの祭事作法なので、本来、我々一般庶民は無関係。故に、我々が参拝する時は、ただ拝殿の前で一礼するだけで充分ということになる。そこに、自分の「心」や「気持ち」が、きちんと籠もっていさえすれば、そんな形式など、どうでも良いのではないかと雅は思っている。

などと余計なことも思いつつ、雅は西の十九社の前を通り過ぎて、神楽殿へと向かうことにした。何しろ、この神楽殿こそ、長さ十三メートル強、重さ四・五トンという日本一の注連縄が飾られているのだ。一目見ずには帰れない。

その後、改めてこの境内に戻って、宝物殿。そして大社を出たら「古代出雲歴史博物館」を見学する。そこでおそらく昼頃になるだろうから、門前町のどこかで出雲蕎麦を食べてから、タクシーを拾って、稲佐の浜から日御碕《ひのみさき》神社へまわろう。

息をも吐《つ》かせぬ予定だが、雅は何となく楽しかった。というのも、趣味と研究が一体となった旅ではないか。しかもそれに加えて、

〝縁結び！〟

雅は、足取りも軽く境内を歩いた。

《弥生八雲に》

出雲は翌日も晴天だった。

雅は軽く欠伸《あくび》しながらホテルを出て、松江駅バスターミナルへと向かって歩く。余分な荷物はホテルに預けてあるから、とても身軽で心も軽い。

結局昨日は、出雲大社を始めとして何ヵ所まわったろうか。雅は指を折りながら思い返す。


大社の宝物殿を見学した後、そのまま古代出雲歴史博物館へ行き、平成十二年（二〇〇〇）に境内から出土した宇豆柱《うずばしら》の実物や、古代社殿の十分の一スケールの復元模型などを見学した。

この復元模型にも何種類かあったが、中でも全長約百三十センチ、高さ約五十センチという本殿模型はさすがに圧巻で、もしもこの形式のまま、実際の大きさで本当に存在していたとしたら、その実物を目にした人間は言葉も出ないほど圧倒されてしまうだろう。社殿へ向かう、おそらく百段を超える階《きざはし》には、神職たちの人形も飾られていたが、実際にそこを歩いている彼らにとって、大社昇殿は文字通り空へと登る心地だったのではないか。

その他、この博物館では『出雲国風土記』の写本や、踏鞴《たたら》製鉄炉に関する資料や、装飾付太刀、青銅器などなど、貴重な資料が惜しげもなく展示されていて、雅は予定していた以上に時間を取られてしまった。

軽い昼食を急いで摂ってから、タクシーを時間で借りきって稲佐の浜から日御碕《ひのみさき》神社、そして長浜《ながはま》神社や万九千《まんくせん》神社までまわることにした。

少し悩んだのだが、考えてみれば母・塔子の友人のおかげで、飛行機代と宿泊費がかなり浮いているし、こちらで豪華な食事を摂るつもりも全くなかったので、その分の予算を注ぎ込んだと思えば良い。

雅は、午後一番で出雲大社前を出発すると、すぐ左手に現れた「出雲の阿国《おくに》の墓所」を横目に眺めながら、タクシーに揺られた。

『出雲国風土記』に「美佐伎《みさき》社」、『延喜式』には「御碕神社」と記されている日御碕神社は、右に左にとうねる山道を登って行かなくてはならなかったから、タクシーにして良かった、と思った。バスだったらかなり揺れるだろうし、その上、時間も倍近くかかってしまいますよと運転手が言って笑った。

やがて、左手に青い日本海が見えてきた頃、タクシーは神社に到着した。

現在建っている社殿は、徳川家光《とくがわいえみつ》の頃に完成したというだけあって、日光東照宮とはいかないものの、朱塗りの立派な権現造りだった。

しかし。

雅は「日沈宮《ひしずみ》」と「神の宮」を参拝しながら、目を皿のようにして手がかりを探したが、「天照大神をお祀りしているのに、何故『日沈』なのか？」という手がかりを発見することはできなかった。やはりこの場所は「西の果て」だからということなのだろうか。まさか、一般的に言われているように、日本海に沈む夕陽が絵のように美しいから、という理由だけのはずもない。

あるいは、天照大神は「日が昇る伊勢の皇大神宮に鎮座して昼を護り、陽が沈む日御碕大神宮に鎮座して夜を護る」という伝説が正しいのか。そうであれば、天照大神繋がりで取りあえずは納得できるし、確かにこの神社には、特定の神宮以外では希有《けう》なこととされている昭和天皇御製が残されている。

でも、それにしても。

〝日が沈む……〟

何となく納得しきれないまま社を出ると、約一千年前まで「日沉宮」があったとされ、現在は例大祭の日に神職のみが渡ることができるという日御碕漁港に浮かぶ経島《ふじま》を横目で眺めながら、雅は神社を後にした。

続いて、稲佐の浜。

『書紀』によれば、この場所で武甕槌《たけみかづち》神と経津主《ふつぬし》神が、「十握剣《とつかのつるぎ》を抜きて、倒《さかしま》に地《つち》に植《つき》てて」大国主命に、国譲りを迫ったという因縁の浜辺だ。

でも、今こうして眺める限りでは、白く美しい砂浜が延々と続いている心地良い空間だった。ただ、海風がもの凄く強かったけれど。

現在は浜辺近くになってしまっているが、昔は遥か沖に浮かんでいたという「弁天島」には、その名の通り「弁才天」が祀られていたらしかった。しかし現在は、豊玉《とよたま》毘古《びこ》命、つまり海の神が祀られている。

雅は、その島に建っている白木の鳥居を眺めながら、微妙な違和感を覚えた。

現在二十二歳。今年の九月で二十三歳。

四半世紀近くも生きてきて、こんなに「謎」だらけの状況に置かれたのは生まれて初めてだ。これからの自分の研究や将来に対して、大きな不安を感じてしまう。今まで明るかった大空に、突然巨大な黒雲が出現してきたような気分――。

いや。

そんなことはない。きっと大丈夫。「出雲」という名称から、勝手にそう思い込んでしまっているだけ！

逆に考えてみれば、たった二十二年。

それなのに、自分の人生の五十倍以上も長く存在している、出雲一千三百年の謎に取り組んでいるのだから。

そう開き直ると、雅は次の場所に向かった。

今度は『風土記』の、国引き神話で「国来《くにこ》、国来」と言って国を引き寄せてきた、八束水臣津野命《やつかみずおみつぬ》を主祭神として祀っている、長浜神社だ。

ちなみに「長浜神社」という名称は、明治以降のもので、それまでは「妙見社《みようけん》」と呼ばれていた。北極星、北斗七星を主祭神とする信仰だ。だから、参道の一部が北斗七星のように折れ曲がっているというユニークな神社だった。

〝よろしくお願いします〟

雅は、心の中で強く祈る。

〝出雲の謎の解答を、見事こちらに引き寄せることができますように……〟

参拝し終えると次は、神在月に集まった大勢の神々が、最後に滞在されて直会《なおらい》を催されるという、万九千神社。

正式には「万九千社《まくせのやしろ》」という名称らしかった。この「まくせ」という名称は、一説では、この近くを流れている斐伊《ひい》川が大きく曲流した——つまり「巻瀬」「曲瀬」からきているともいわれている。

この神社には本殿がなく、幣殿《へいでん》後方の「神籬《ひもろぎ》・磐境《いわさか》」を祀っているというのだが、一応、この神社の主祭神として、

「櫛御気奴命《くしみけぬ》」＝熊野大神＝素戔嗚尊。

「大穴牟遅命《おおあなむち》」＝杵築大神＝大国主命。

「少彦名命」

そして、

「八百萬神《やおよろず》」

というのが、いかにも「神等去出祭《からさで》」を執り行う社のような気がする。

この地を去られる男女の神々が、最後に華やかな酒宴を開いたのだろう。そのきらびやかさを想像すると、自然と笑みがこぼれてくる。

また、この万九千神社と同じ境内には「立虫《たちむし》神社」という社が建っている。主祭神

は、素戔嗚尊の御子たちということなのだが、この地区の産土神《うぶすな》であるともいわれている らしい。

などとまわっていると、もう既に夕方になってしまっていた。

そこで雅は、荒神谷遺跡と加茂岩倉遺跡は、地元で販売していた資料だけ購入して、

「昭和五十九年（一九八四）と六十年（一九八五）の二ヵ年の発掘調査で、斐川町神庭《ひかわちょうかんば》荒神谷遺跡から、銅剣三百五十八本、銅鐸六個、銅矛十六本、計三百八十点が出土した。

それまでの出土総数を遥かに上回る三百五十八本の銅剣が一度にまとまって出土したこと、近畿地方を中心に出土する銅鐸と、北部九州を中心に出土する銅矛が一ヵ所から同時に出土したことは全国初めてのことであり、銅剣とあわせて三種類の青銅器が同一箇所に埋納されることも、前例のないことだった。これは、それまでの考古学の常識を覆す大発見となった——云々」

などという説明書きを読みつつ、郷愁漂う夕暮れの街を飛び交う無数の夏の蛍のよ

うに、点々と明かりが点っている「美人の湯」玉造《たまつくり》温泉郷を窓の外に眺めながら、松江市へと向かった。

タクシーを使ったにもかかわらず、疲労困憊して、早速ホテルの温泉に浸かる。延々と浸かる。するとようやく、今日一日の疲れが、白い湯気と共に体から抜け落ちて行く気がした。文句なく、素敵な時間。

すっかり生き返った雅は、ホテルのフロントで奥出雲ワインを置いている居酒屋を教えてもらい、そこで日本海の海鮮料理とワインを堪能した。

幸せその二。

一日の仕事を終えた後にワインがある、至福の時間。

しかし、観光でやって来ているわけではないし翌日も朝から忙しいので、ワインは控えめにしてホテルに戻ると、殆どそのままバタリと寝てしまい、気がついたら朝になっていた。

あわてて枕元の時計を確認すると、もう一度温泉に浸かって目を覚まし、簡単な朝食とコーヒーで更にバッチリと目を覚まし、こうして今日も出雲の街に飛び出したというわけ——。

雅は時間を確認しながら、バス停の列に並ぶ。

これから朝一番で「出雲国四大神」の一柱、佐太大神のいらっしゃる、佐太神社に向かう。今日は日曜日なので、駅前は人出が多かったが、佐太神社方面への乗客はそれほど多くなかった。殆どの観光客は松江市内巡りや、近場の神社仏閣参拝に行くのだろう。

ひょっとして、あの大勢の女子たちが並んでいるバス停は、八重垣神社方面ではないのか？

その八重垣神社とセットでまわろうと予定している「熊野四大神」素戔嗚尊の熊野大社までも、ここからバスで四十分ほど。距離的には佐太神社と同じくらいなので、どちらから先に取材、参拝しようか昨日温泉に浸かりながら考えたのだけれど、お楽しみは最終日に取っておくことにして、今日は佐太神社と「四大神」のもう一柱の「能義《のき》神社」に行くことに決めた。あくまでも、フィールドワーク優先なのだ。

でも、あの人数を見ると、八重垣神社は明日の月曜日にして正解だったと感じた。

バスが到着して、雅は乗り込む。

ここから三十分ほどで佐太神社前に到着するはずだから、午前中一杯で佐太神社を取材したら一旦松江駅まで戻って、軽めの昼食を摂り、改めて「能義神社」へと向かう計画を立てている。

松江駅から山陰本線に乗って、一気に安来《やすぎ》まで行く予定。特急ならば十五分。各駅停車でも二十五分ほどという近さだ。

安来に着いて時間があれば、寄ってみたい場所がある。それは「和鋼博物館」だ。この博物館はその名の通り、踏鞴製鉄に関する展示が行われていて、日本刀造りに必需品の玉鋼《たまはがね》や、鉧《けら》、踏鞴操業の模型や道具、そしてエントランスホールには足踏み式の天秤鞴《てんびんふいご》が置かれ、そこで実際に足踏みを体験できるようになっているという。

これは、なかなか楽しそう。

安来の民謡である「安来節」の「どじょうすくい」は、本当は砂鉄を集めるための「土壌すくい」の作業を表しているという話は有名だ。まさに出雲は『風土記』にも「鉄有《まかねあ》り」と記された、鉄と踏鞴の国ということなのだろう。

能義神社は、その安来からバスで十五分だそうだ。

そこから歩いて五分ということなのだが、地図を見ても場所が良く分からないので、ここもタクシーを使おうかとも思っている。というのも、能義神社の辺りから松江に向かって二駅ほど戻った所に、今回どうしても寄ってみたい場所があるからだ。

そこは、揖夜《いや》神社と黄泉比良坂。

揖夜神社は『風土記』に「伊布夜《いふや》の社」として登場するし、『書紀』には「言屋《いうやの》社《やしろ》」と記されていて、しかもこの「言屋社」は、犬が死人の腕を嚙《く》って置いたという「天子の崩御の前兆」といわれる場面に登場するのである。

そしてその近くにある黄泉比良坂は、黄泉国から逃げ帰る伊弉諾尊を、悪鬼となった伊弉冉尊が、ここまで追いかけて来たという場所。

これは、出雲にやって来た以上、どうしても見ておきたい。八重垣神社と共に、雅にとって個人的に行きたい場所の双璧を成している——。


考えているうちに、あっという間にバスは佐太神社前停留所に到着した。ここから、道路のすぐ側を流れている佐陀《さだ》川に架かる立派な木製の橋を渡れば、その正面は佐太神社。大きな狛犬が出迎えてくれる。その狛犬は二匹とも、尻尾が雄々しくピンと立っている。これがいわゆる「出雲流」狛犬の特徴だ。

雅は橋を渡り終えると、そのまま佐太神社に向かおうとしたが、ふと手元の地図に目を落とせば、すぐ近くに境外摂社として「田中社」という名前が見えた。そしてこの社の神徳に「縁切りと長寿。縁結びと安産」とある。

それを見て、ピンときた。

〝これって、もしかして……〟

彼女たちに間違いない。

そう確信して、雅は歩く。

田中社は、橋のたもとから東へ百メートルも行かない場所に鎮座していた。そこには、一間社の小さな社が二つ建ち、

「田中神社東社　御祭神　磐長《いわなが》姫命」

「田中神社西社　御祭神　木花開耶《このはなさくや》姫命」


と書かれた木の立て札があった。しかも、その二つの社は念の入ったことに、お互いに背中を向けているではないか——。

確かに『古事記』には、こうある。

竺紫《つくし》の日向《ひむか》の高千《たかち》穂《ほ》に天降った瓊瓊《にに》杵《ぎ》尊が、吾多《あた》の笠沙《かささ》の岬で、一人の美女に出会った。その女性は、大山津見《おおやまつみ》神の女《むすめ》で、名前は「神阿多都比売《かんあたつひめ》、亦《また》の名は木花之佐久《このはなのさく》夜《や》毘売」だった。

瓊瓊杵尊は、すぐ彼女に結婚を申し込む。すると大山津見神は喜んで許可し、木花

之佐久夜毘売の姉である「磐長比売」も一緒に、瓊瓊杵尊のもとへと送り出した。しかし、磐長比売の容姿が非常に醜かったため、瓊瓊杵尊は彼女を大山津見神へ送り返し、木花之佐久夜毘売とだけ結婚した。

神様とも思えない酷いセクハラ！

民俗学を学び始めてから、雅も何となく「日本の神様」は、誰もが我が儘で気まぐれで自分勝手だったという印象を持ち始めていた。その中でもこの伝説は、情け容赦ないエピソードの一つに挙げられるだろう。磐長比売を断るなら断るで良いけど、そんなに正面切って言わなくても良いのでは？　もっと、言い方というものがあるだろう。言われた方の身にもなってよ！

でも、それも瓊瓊杵尊が正直すぎたという話になるのか。

とにかく――。

そこで、大山津見神が言うには、この磐長比売を側に置いていただけたならば、天つ神の御子の命は「岩」のように永遠に続いたでしょうが、彼女を送り返されてしまった以上、天つ神の命は木の花が咲くように栄えはするものの、とても儚《はかな》い命となってしまうでしょう、ということだった。ゆえに、それからの歴代天皇の寿命は長く続くことはなくなってしまったのだという。

そんなエピソードがあるとはいえ、こんな風に、わざわざ姉妹で背中を向けた社殿の造りにしなくとも良いような気がした。そもそも、木花之佐久夜毘売と磐長比売が仲違いをしたわけではなく、彼女たちを別れさせたのは瓊瓊杵尊なのだから。

複雑な思いを抱きながら、雅は元来た道へと戻り、いよいよ佐太神社へと向かう。本殿に向かうと、予習してきた通り豪壮な大社造りの社殿が三社並び建っていた。

雅はふと、以前に行ったことのある大分県、豊前《ぶぜん》国一の宮の宇佐《うさ》神宮を思い出した。あの神宮も、一之御殿・二之御殿・三之御殿と、三社が並び建つ特徴的な造りの神宮だった。ただ違うのは、宇佐は朱塗りの艶やかな社殿だったが、こちらは茶色一色で、ぐっと渋い。

といっても、祀られている神々の数は、宇佐の三神に比べて、こちらの方が格段に多い。まず正中《せいちゅう》殿には、佐太大神、つまり猿田彦大神。伊弉諾尊、伊弉冉尊、事解男《ことさかのお》命、速玉之男《はやたまのお》命。

正中殿右側の北《ほく》殿には、天照大神、瓊瓊杵尊。

左側の南殿には、素戔嗚尊、そして、「秘説四座」が祀られているのだという。

〝秘説四座……って、何？〟

雅は、首を捻る。

というよりすでに、何故、伊勢の神である猿田彦大神が、ここ出雲に祀られているのか、その意味も分からない。

しかしこの点に関しては、改めて資料を細かく読んだところ、やはりもともとの主祭神は猿田彦大神ではなく、明治時代からそう設定されたらしいというようなことが書かれていた。

そちらの方が、自然だ。

実際に『風土記』には、佐太大神は、ここから東北東に行った場所にある「加賀《かか》の潜戸《くけど》」で生まれたと書かれている。それが真実であれば、佐太大神と猿田彦大神が同一神であるはずもない。

だがそうなると、どうして「佐太大神」という主祭神が「猿田彦大神」といわれるようになったのか、という新しい疑問が湧いてくる。

一つ分かったような気になると、また新しい次の謎。

別に、ミステリー小説を読んでいるわけではないのだから、いいかげんにして欲しいと心から思う。

そもそも雅は、わけの分からない殺人事件ばかり勃発するミステリー小説は嫌いなのだ。かといって、現実の殺人事件は、もっと嫌い。何しろ、動機がつまらなすぎる。たとえば最近よく起こっている事件のように、たった数万円のお金や、愛人ができたなどという理由のために殺されてしまっては、被害者も浮かばれないではないか！

雅は頭を振りながらも、それぞれ「扇の地紙」「輪違い」「二重亀甲」の神紋が架かっている社殿の前で深々と拝礼した。

次は、この社に来た目的の一つでもある「母儀人基社《はぎのひともと》」だ。

雅は境内の地図を頼りに、南殿の後方にあるという石段を探した。しかし、特にそれらしき物は見つけられず「手力雄命《たぢからお》、天鈿女命《あめのうずめ》、罔象女命《みずはのめ》、菅原道真《すがわらのみちざね》」を合祀しているという、不可解な「南末社」の裏手も探索した。

すると、ようやくのことで、今にも消えそうな文字で「母儀人基社」と墨書された古い案内板を発見した。確かに、その脇から三笠《みかさ》山中腹へ向かって、頼りない急な石段が延びている。

雅は、ホッと安堵してその石段を上る。石段は、うねりながら延々と続き、本当にこの道で良いのだろうかと心配になってきた頃、辺りの風景が開けて、苔むした磐座《いわくら》が姿を現した。

磐座は、低い石垣と注連縄で八角形に囲われている。さらに、まるで結界のような空間に生えている大きな木々によって、しっかりと護られているように感じた。

ここが、伊弉冉尊陵墓を遷し奉った社。

そして恐らくは、佐太神社社殿創建より以前から鎮座していたとされる神座《かみくら》――。

雅はその前に立つと、しっかりと手を合わせて拝む。


母儀人基社の参拝を終えた雅は、午前中の大きな予定をクリアしたような気がして、松江に戻る前に一旦休憩することにした。

ここはやはり、ぜんざい発祥の地といわれている以上「神在《じんざい》――ぜんざい」を食さなくては。

そう思って、参道脇にあるぜんざい屋さんに入った。

注文を済ませて店内を見回すと、出雲に関する資料がたくさん陳列されていた。そんな、地元でしか手に入らないようなパンフレットや小冊子を眺めていると「神在」という文字が何度も目に入った。ここ、佐太神社の祭事に関する話のようだったので、ぜんざいを待ちながら雅は目を通す。

そこには、十一月の「神在祭」の他にも、五月には「神在祭裏月《うらづき》祭」。そして十一月末には「神在祭止神送神事《しわがみおくり》」などとあった。

裏月祭は、神在祭と同じ形式で執り行われるようだが、一般には全く開放されず、神職だけで奉仕するとあった。また止神送神事というのは、神在祭でお帰りにならなかった神を、改めてお送りする祭りだという。

雅は、眉根を寄せる。

ずいぶんとまた、念が入ってはいないか。念には念を入れて、何が、あっても、神々を送り出すということじゃないのか。

そういえば、昨日の万九千神社でもそうだった。神々が宴をしている時に、「お立《た》ち」と唱えながら、梅の小枝で幣殿の戸を叩くといっていた。

これは、どうしても「神等去出《からさで》」してもらいたいということではないのか。ずっと居てもらっては困るということか。もしくは、神様のいなくなってしまった他の国々が困るから、という優しい心遣いなのか？

雅は釈然としないまま、運ばれてきた甘いぜんざいを口に運んだ。

＊

三隅純子から預かった一筆箋からは、留美と、あの後改めて採取した純子本人の指紋以外は発見されなかった。

筆跡に関しても、留美の家族から借りた彼女のノートなどから鑑定すると、本人のものと考えて間違いないだろうと判定された。また一筆箋その物も、松江市内のデパートの文具売り場で売られている商品と判明した。但し、その売り場で留美本人が購入したのかどうかという点は確認できなかったが、特に珍しい物ではなかったため、売り場の店員が留美の顔を覚えていなかったとしても、不思議はない。

そこまで確定した時点で、藤平と松原は、純子の家を訪ねることにした。純子の家は少し町外れの一軒家ということで、時間を決めて連絡し、その約束の時間通りに純子の家のインターフォンを押す。すると、重そうなドアが開いて純子が顔を出した。相変わらず覇気が感じられない青白い顔だった。

藤平たちは挨拶して玄関から上がると、ふわりと良い香りに包まれた。お香を焚きしめているらしい。

二人は一階のリビングに通されると、やや固めのソファに並んで腰を下ろす。

「突然、申し訳ありません」藤平は丁寧に口を開く。「しかも、ちょうどお昼時に」

いいえ、と純子は視線を下に落としたまま答える。

「私、昼食は摂りませんもので」

「そうですか」

と答えて藤平は、壁に沿って置かれた棚をぐるりと見回した。そこには、無数の人形や木彫りの像が飾られている。

「しかし、立派なコレクションですな。まるで日本全国、各地の神様や仏様がいらっしゃるようだ」

「そんなことも……。単なる民芸品を集めただけです」

「神様や仏様以外にも、こけしなどもたくさんある」

「こけしも、神です」

「そう……なんですな」と頷きながら、棚に視線を走らせていた藤平の目が、一点で止まった。

あれは――。

〝櫛のコレクションか〟

無意識のうちに顔をこわばらせた藤平は尋ねる。

「あそこの棚には、たくさんの櫛が並べられているようですが」

「櫛の蒐集も、趣味の一つなもので」

「つげの櫛――などですか？」

ええ、と純子は軽く首肯した。

「つげの櫛は実用的であるだけでなく、実際に見た目も美しいですから。そのために、平城京の頃には既に使われていたようですし、平安時代になると、ご存じのように式子内親王《しょくしないしんのう》などの歌にも詠み込まれていますしね」

といわれても、そんな歌を「ご存じ」ではない藤平は、わざと残念そうに言った。

「最初からあなたのような方にご相談すれば良かったですな。なあ、松原」

いきなり話題を振られた松原は、

「そ、そうですね、警部」

あわてて調子を合わせる。そんな松原に向かって、

「どういうことでしょうか？」

尋ねる純子に、松原は答えた。

「実は、一部のマスコミで報道されているように、被害者——陽子さんの髪に、朱色のつげの櫛が飾られていたんですよ。しかも犯人は、犯行後にそんな行為を」

「犯行後に？　何故そんなことを？」

「いや。それが、我々にとっても謎でして。何か、思い当たる点でもあれば、教えていただきたいんですが」

「……いいえ。全く」

視線を逸らせる純子に、今度は藤平が尋ねる。

「ちなみに、あなたは簪などにご興味は？」

「櫛と発生は同じと聞いていますが……生憎《あいにく》と私はそちらには興味もありませんし、詳しくもありません」

そうですか、と言って藤平は松原と視線を交わすと、

「関係ないお話で時間を潰してしまい、申し訳ありませんでした」と言って続ける。

「さて、本題なんですが――」

藤平は、例の一筆箋からは鑑定の結果、留美と純子の指紋以外、他人の物は発見されなかったことや、メッセージの筆跡も留美の物で間違いないようだということなどを伝えた。

「そういうわけで、あの一筆箋は、留美さんご本人が書かれて、あなた宛てにご自分でポストに投函されたと考えられるんですが、それについて何か心当たりがおありになるかと思いまして」

「昨日も申し上げましたように」純子は相変わらず、低いトーンのまま答えた。「私には、何一つ……」

「しかし留美さんは、あなたに向かってメッセージを発信したことは確実ですよね」

「どなたかと間違えられたのではないでしょうか」

「それは考え難いですな」藤平は苦笑した。「大きなマンションの、鳥の巣箱のようにズラリと並んでいるポストに投函されたわけではありません。ここはお隣とも距離のある一軒家で、しかもポストの脇には立派な表札も掛けられていますし」

「そう言われましても……」

「あなたは、大西留美さんとお知り合いだとおっしゃっていませんでしたか？」

「知り合いではありましたけど、特に親しくはありませんでした」

「でも」と松原も尋ねる。「被害者の菅原陽子さんよりは、深いお知り合いなんでしょう」

「ですから、私は」と純子は視線も上げずに言う。「深いも浅いも、余り人とはおつき合いがありませんもので……」

「黄泉神社の柳田宮司さんも、ただのお知り合いですか」

「はい」

「でも、大西さんからの一筆箋のご相談に行かれた」

「ええ。留美さんと共通の知り合いでしたから、そんなご縁で」

「縁……ですか」

「あなた方とも」純子は顔を上げた。「こうして、ご縁があるのと同じです」

「私たちは、仕事で伺っているんですが」

「同じです」純子は微かに微笑む。「全ては、幽界で繋がる『縁』ですから」

「はあ……」

顔を歪めた松原に代わって、藤平が口を開く。

「つまりそれは、大国主命が司っている『縁』ということですな」

そしてここ、出雲は大国主命のお膝元。文句なく、本場だ。

幼い頃に祖父母から聞きかじった話をすると、

「その通りです」純子は小さく頷いた。「私たちは誰もが、その『縁』によって生かされているのです」

「では、その縁繋がりで伺いますが」藤平は尋ねる。「大西留美さんが被害者の陽子さんに持ちかけていたという相談に関しては、やはりお心当たりはありませんかな」

「昨日も申したとおり、何一つ存じ上げませんし、もしもそれを私が知っていたとしたところで、何か解決するのでしょうか？」

「何となくですがね。その中身が分かれば、事件解決が少し前に進むような気がするんですよ。あくまでも、私の直感ですが」

「直感は、大切です」純子が珍しく同意した。「私たちは、つい物事を全て自分の力でこなしているように勘違いするものですけれど、そこには必ずといって良いほど他の力が働いているものです。八百万の神の」

「その点に関しては、私も同意しますよ。特にこの歳になってくると、もっと神様の力を借りたくなります」

苦笑いする藤平に向かって、

「人間の力など」純子は言う。「大したことはありません。本当に、ちっぽけなものです」

「しかし、我々は因果な職業でしてね」藤平は頭を掻いた。「神頼みは、ギリギリまでできないんですよ。最後の最後まで、人間の力で何とかしないとね」

「あなた方に限らず、それが正しい生き方です」

「ありがとうございます」

藤平は素直に礼を述べた。

「賞めていただけたついでといっては何ですが、最後にもう一度確認させていただきます。あなたは本当に、大西留美さんから何の相談も受けていらっしゃらなかった。

それなのに留美さんは、まるであなたに迷惑をかけてしまったかのような、メッセージを送った」

「はい」

「しかしあなたは、彼女に謝ってもらう理由が分からない」

「その通りです」純子は言って、再び視線を外した。「ですから、おそらく他の誰かと勘違いされたのではないかと」

藤平の言葉に、ほんの一瞬だけ純子は反応したが、また次の瞬間には先ほどまでの彼女に戻っていた。

その様子を目に留めながら、

「確かに、あのメッセージには宛名がありませんでしたからね。大西さんは、何か勘違いされたのかな」

「おそらくは……」

俯いたまま頷く純子に、

「そんなところが真実かも知れませんな」藤平は言うと、ゆっくり立ち上がった。

「いや、お忙しいところ、長々とお邪魔してしまいました。また何かあれば、よろしくお願いいいたします」

純子の家を退出して車に乗り込むと、松原がハンドルを握ったまま藤平に言った。

「あの女性に会うと、自分はどうも調子が狂いますよ。全く話が嚙み合わなくて」

「俺もそうだよ」藤平も助手席で苦笑した。「今回は、やっと賞められたがね」

「警部は彼女の話、どう思います。信じられますか？」

「何とも言えんが、しかし特に嘘を吐《つ》いているようには感じなかったな——」

藤平は顎を捻りながら答えた。

「もしも、大西留美に対してやましいことや隠し事があったなら、まず、あの一筆箋を我々の前に持ち出さないだろう」

「そこが自分も、引っかかっているんですよ」松原は前を見たまま頷いた。「どうして、わざわざ自分たちに見せたのか。ということは、やはり今回の件に関して彼女としては、後ろ暗いことはないのか」

「もし何かあるなら、燃やしてしまっても構わないわけだ。そうすれば、大西留美との関係を、こうやってゴチャゴチャと訊かれることもない。しかし敢えて——かどうかは別としても、とにかく我々に見せた上に預けた」

藤平は鼻を鳴らして続ける。

「あのリビングに飾ってあった櫛もそうだ。もしも彼女が、菅原陽子の事件に関わっていたとしたら、当然、我々が到着する前に片づけていたはずだろう。余計な詮索を避けるために」

「しかし、趣味だとまで言いましたね」

「つまり、本当に無関係なのか――」

あるいは逆に。

藤平たちがそこまで考えることを見越して、純子は「わざと」それらを見せつけたのか。自分は、全く関係がないということを、無言のうちに主張するために。

その可能性も捨てきれないが……穿ちすぎだろうか。

どっちだ？

分からない。

しかし今は、とにかく大西留美だ。彼女を捜して身柄を確保しなければ話にならない。急がないと、まさかとは思うが……。

藤平は再び顎を捻りながら鼻を鳴らすと、シートに体を預けた。

＊

雅は安来の和鋼博物館を出た。

時間がなくて駆け足だったが、展示室だけは一通りまわることができた。

『風土記』でも、飯石《いいし》郡や、仁多《にた》郡の条で、鉄に関する記述が出てくるように、古代出雲は文字通りの「鉄の国」だったことを体感した。そして、当時の「鉄」は、現代の「金」や「ダイヤモンド」と同等かそれ以上の価値を持っていたと思われるから、まさに出雲は一大王国。

館内に展示されているジオラマでは、その壮大な鉄造りの工程が、人形模型と共に学ぶことができる。但し、人形がやけにイケメン揃いだったけれど。

また驚いたのは、当時の輸送路――水上交通網だ。これは、雅の想像を遥かに上まわっていた。何しろその水路は、日本海から出雲国東端の美保《みほ》関を通って中海へと入り、更に宍道湖へ繋がり、松江を経由して宍道湖を横断し、現在の出雲空港の近辺へ。そこから斐伊川、高瀬川などを遡って、何と奥出雲まで通じている。

つまり、このルートを使えば、奥出雲で大量に生産された玉鋼や、鉄製の道具や武器は、簡単に日本海まで輸送することが可能だったということになる。

凄いルートだ。

また逆に山中へ向かえば、その先は吉備《きび》。

こちらも鉄の一大生産地。

ということは、奥出雲は当時、あらゆる意味での中心地になっていた。

雅も突然、それら踏鞴の施設や歴史を尋ねて奥出雲まで行ってみたくなった。奥出雲の辺りは、現在でも秘境だというし、何と言っても奥出雲ワインの生産地。

博物館では、帰ろうとする雅を受付の女性が引き留めて、折角だからエントランスホールに設置してある天秤鞴を踏んでいらっしゃい、と笑いながら言う。

そこまで言われるならば、と雅は体験したのだが、想像以上に重くて大変だった。何年か前に流行したアニメ『もののけ姫』に登場する例の大きな鞴の一人用のパターンだったが、軽く汗をかいてしまった。これでは当時の人たちが次々に体を壊したというのも、無理のない話だと思った。

雅の悪戦苦闘の姿を見て楽しそうに笑っていた受付の女性に礼を言って博物館を出ると、一旦安来の駅に戻り、タクシーに乗り込む。

能義神社までは、バスで約十五分というものの、そこから先の道が良く分からない。そこで、ここからタクシーに乗って能義神社へ。そして、そのまま揖夜神社、黄泉比良坂をまわってもらうことにした。

そんな話を告げると、タクシーの運転手は怪訝そうな顔つきで雅を振り返った。ここからタクシーに乗る観光客は大抵、膨大な横山大観の絵画と美しい日本庭園で有名な足立《あだち》美術館か、それとも鷺の湯温泉、安来演芸館へ行ってくれと言うらしい。

「こらまたなんだらねえ」運転手は車を出しながら、驚いた声で言う。「お客さんのように若い女性の方で、大祭でもないのに能義神社さんへ行きたいなんて言われたのは、初めてなもんでね。どこから来《き》いはった？」

そこで雅が、東京から大学院での自分の研究のために一人でやって来たことを告げると、ようやく納得したようだった。

また、能義神社も大昔は壮大な大社造りだったけれど、江戸時代の大火ですっかり焼失してしまい、その後何とか再建されたが、現在は神職も常駐していないほどになってしまった、と教えてくれた。しかし今でも、秋の大祭の時には、出雲大社の宮司さんが必ずやって来るという。千家国造家と、深い繋がりがあるからだという。

なかなか地元の歴史に詳しい運転手さんで良かった。

そんな話を聞きながら、畑や田んぼの中の細い道を走るタクシーに揺られている

と、やがて前方にこんもりとした大きな森が見え、能義神社に到着した。古い石鳥居近くの電柱には、

「出雲四大神　能義神社」

という看板が貼りつけられていた。

鳥居前の狭い駐車スペースに停まったタクシーから下りると、雅は、所々欠けている石鳥居をくぐった。そこから、苔むしたような長い石段が続いている。雅は四十段までは数えたが、その先は分からなくなった。しかしやがて、小ぶりの神門が現れ、それをくぐって境内に入ると、正面には瓦屋根を載せ、ひょろりとした蛇のような注連縄が掛かっている拝殿が建っていた。その後方に、大社造りの本殿がある。

運転手の言った通り、境内には雅以外誰の姿も見えなかった。だが、盛砂《もりすな》や注連縄が張り巡らされた祭祀場が何ヵ所もあり、どことなく厳粛な空気が漂っている。人の姿が見えないということも、その雰囲気作りに関与しているかも知れない。

雅は参拝を済ませると、境内に建てられた由緒書きを読む。

御祭神
天穂日命　（合祀）誉田《ほんだ》別《わけ》命

（配祀）大己貴命　（合祀）経津主命《ふつぬし》
（配祀）事代主命　（合祀）国常立命《くにとこたち》

この神社の創立は古代にさかのぼる。出雲国風土記（七三三年・奈良時代）には意宇郡野城《のき》社と記され、延喜式（九二七年・平安時代）には野城《のき》神社と記されていることからも推測できる。出雲の国の人々は今でも杵築の大神をはじめ、熊野の大神・佐太の大神・能義の大神を出雲の四大大神と尊称している——云々。

とあった。

出雲国の西の果てともいえる出雲大社から、ほぼ東の端に鎮座するこの能義神社まで、一千年以上にわたって毎年必ず、千家宮司が足を運ぶというのも凄い話ではないか。それとも、自分たちの祖神が祀られているからといえば、そんなものなのか……。

雅はその後、境内隅に祀られている小さな社「野美社《のみ》」にお参りした。御祭神は、野見宿禰《すくね》。相撲の始祖だ。また、松江藩お抱え力士の一人に、不世出の大関・雷電為《らいでんため》右衛門《えもん》がいるというようなことも書かれていた。

そんな由緒書きを後に、雅は再び長い石段を下りた。

駐車スペースで待っていてくれたタクシーに乗り込むと、運転手が、

「次は、揖夜神社と黄泉比良坂ですよね」

と尋ねてきたので、雅が「はい」と返事をすると、

「ここからですと、揖夜神社は黄泉比良坂の向こう側になりますから、先に黄泉比良坂に行こうと思いますが、よろしいですか」

そう提案したので、別に順番にこだわっていない雅は、

「そのようにお願いします」

と答えて、タクシーは能義神社を後にした。


タクシーの後部座席に体を預けると、雅はメモ帳を取り出して、出雲に関する疑問点や謎に思ったことなどを、簡単に書きつけてみた。

まず『出雲国風土記』の謎。

大国主命の国譲り神話と、八岐大蛇退治の伝説が、どこにも書かれていない点。雅は、この二点が最も大きな謎だと思っていたが、御子神によれば「二番目以降の謎」だという。もっと大きな謎が存在しているというのだ。

〝それって、何？〟

でも今は──。

まず、出雲大社。

本殿裏手に鎮座している、素鵞《そが》社と、更にその裏手に存在している大きな磐座。地元の老人によれば、あの磐座が出雲大社の本質だという。その言葉を裏づけるように、何人もの地元の人たちがお参りしているらしく、素鵞社社殿脇下には、稲佐の浜から持ち寄られた砂が、山のように積まれていた。人々は、この砂を捧げて祈るのだという。

素鵞社は、要チェックだ。

次の、日御碕神社。ここはもちろん「日沉宮《ひしずみ》」だ。太陽神である天照大神をお祀りしているのに、どうして「日沉」──陽が沈む場所なのか？　いくら「西の果ての場所」といわれているとしても、かなり不吉な印象を拭えない。

この点も、また改めて考えてみなくては。

そして、万九千神社、佐太神社に共通する「神送り」。どうしても、何としても神様にお帰りいただきたいという、ある意味熱い思い。それは何故？　神様に、いつまでも自分たちの側にいて欲しくないのか？

佐太神社に関して言えば、主祭神の猿田彦大神。

主祭神が彼ではないという説がある。では、もしも猿田彦大神でないとしたら、誰だというのだろう？

〝そもそも、何故、猿田彦大神が主祭神にされたの？〟

そして、この神社に祀られている「秘説四座」とは何。

なかなか謎が多い。

次は、今行って来たばかりの能義神社。

まず、能義大神って何者？

由緒その他には、出雲国造家の祖神と説明してあったけれど、ここまで謎の洪水に巻き込まれてしまっている以上、すんなりと鵜呑みにするわけにはいかない――。

これまで直面してきた謎を振り返ってみたが、はっきり言って脱力してしまう。

果たして、自分に解くことができるのか？

〝こんな時に、水野先生がいらっしゃれば……〟

懇切丁寧に、しかもニコニコと、雅の色々な相談に乗ってくれるはずだ。

雅は、自分の運のなさを呪ってみたが、仕方ない。

これから黄泉比良坂へ行き、揖夜神社。

明日は、素戔嗚尊の熊野大社と、近くの須我《すが》神社。

そしていよいよ、八重垣神社に行き、嬉しい報せをもらって帰京する！

それを楽しみに、あと一日頑張ろう。

でも、万が一それが、嬉しい報せではなかったら……。

いやいや、決してそんなことはない。あり得ない。

だって、こんなに熱心に、清らかな心で「縁結びの国」出雲をまわっているのだから。きっと神様は、見ていてくださるはず。

何気なく窓の外へ視線を移した時、
ポワッ……。

と青白い小さな円球がいくつも見えた。

〝あれは？〟

その円球は、道の脇を流れる川の草むらを、ふわりと漂うように飛んでいた。

〝まさか……〟

雅はそんなモノの存在を全く信じていない。

「すみません！」雅は運転手に声をかけた。「少し、戻っていただけますかっ」

「どうしました？」

バックミラー越しに尋ねてくる運転手に、

「え、ええ」雅は、言葉に詰まる。「ちょ、ちょっと気になるモノが、川沿いに見えたので！」

「……分かりました」

運転手は、車をまわしてくれた。雅は車を降りると、先ほどの川縁を、目を皿のようにして見つめたが、青白い「たまゆら」は、影も形もなくなっていた。

〝やっぱり、気のせいだったのね……〟

疲れていたから、何か幻覚を見たんだ。

雅は軽くため息をついて納得すると振り返り、車に向かって歩く。その時、目の端に何か赤い物が留まった。

何気なく目をやれば、川縁の草むらの中に、

〝櫛が落ちてる〟

そう思って眺め直した雅の背すじが、ゾッと凍りつく。

赤い櫛の下に見えた黒い影のような物は、髪の毛。そして草むらの中に垣間見えるのは——。

「運転手さんっ」雅は、転がるようにタクシーに戻った。「大変なんです！」

「ど、どうしました？」

驚いた運転手が尋ねると、雅は息も絶え絶えになりながら訴えた。

「あ、あの草むらの中に、誰かが倒れてるの！」

《雅かなる雲》

藤平の嫌な予感が的中した。

黄泉比良坂近くの川縁で発見された若い女性の遺体は、大西留美で間違いなさそうだった。もちろんＤＮＡ鑑定にかけるが、結果を待つまでもなく彼女の持ち物や、失踪当時の服装——これは藤平と松原も目撃している——が全く同じだったからだ。

しかも、服装の乱れなどがなかったことから、飛び込み自殺の可能性が高いのではないかと思われた。

とすれば、これはまだあくまでも推測の範囲だったが、留美は藤平たちと揖夜神社で別れた後、純子の家に寄って、彼女の家のポストに遺書とも思えるメッセージを残して、そのまま失踪。その後、川に飛び込んだ。

あの川の上流には、大雨の度に周りの住民が心配する古い木製の橋が架かっている。おそらく、その辺りから身を投げたのではないか。

もちろん、何らかの事件に巻き込まれたという可能性もなくはない。その橋の上から、何者かによって突き落とされたということも考えられる。まあ、どちらにしてもその辺りの物証を探すことが先決だ。今、唯一残っているのが留美自筆の、例の一筆箋だけなのだから。

そして、今回の第一発見者。

東京から一人で旅行に来た、若い女性らしい。いくら縁結びの出雲といっても、またとんでもない「縁」に巡り会ってしまったものだ。

藤平は素直に心から同情しつつ、一般車両通行禁止の土手に停めた松原の運転する車から降りた。川風が心地良く吹く中を、大勢の警官や鑑識たちが立ち働いていた。

その向こうに、一台のタクシーが停まり、初老の小柄な男性運転手と、若い女性が顔をこわばらせながら、警官に何やら質問を受けていた。

彼女たちだ。

そう思って藤平が松原と共に近づいて行くと、二人の姿を認めた警官が、大急ぎで走り寄って来た。そして、今までの状況を伝える。そこで藤平は「ご苦労さん」と片手を挙げて、警官と交替でその女性たちに近づく。

藤平たちが警察手帳を提示して名乗ると、女性は一瞬緊張の面持ちを見せたが、

「橘樹《たちばな》……雅《みやび》といいます」

と応える。

「あなたが、ご連絡いただいた方ですね」藤平は優しく尋ねた。「この事件の、第一発見者ですか？」

「は、はい……」

「東京から、一人でこちらにやって来られたという」

「え、ええ……」

「ちょっとお話を伺いたいんですが、よろしいでしょうか」

無言のまま藤平を見上げて、コクリと頷く雅を見て、

「では——」

と周囲を見回したものの、ベンチの一つもない。そこで、車の中で聴取することにした。タクシーはここで精算して、運転手には一旦引き上げてもらう。車体に書かれた会社名とナンバーを見れば地元のタクシーなので、運転手の身元はすぐに照合できるし、何かあれば、また足を運んでもらえば良い。

そう考えて、藤平と松原は、雅と共に車へと移動した。

後部座席に並んで腰を下ろすと、

「さて」と藤平は、体を硬くしたままの雅に尋ねた。「あなたはどうして、一人でこちらへ？」

その会話を、運転席の松原は体を捻りながら手帳にメモする。その様子をチラリと眺めて、雅は答えた。

「今年、大学院に入るので……その、研究取材で」

「お一人で？」

「出雲を選んだのは、個人的な理由ですから……」

「失礼ですが」藤平は、雅を見る。「ちなみに、東京のどちらの大学院ですか？」

はい、と雅は相変わらず緊張したまま答えた。

「千代田区の、日枝山王大学です」

するとその答えに、

「ほう」と藤平は微笑んだ。「名前は、知っています。水野先生という方がいらっしゃる大学でしょう」

「えっ」

「黒縁の眼鏡をかけておられて、訥々《とつとつ》と喋る先生でした」

その言葉に雅は、

「わっ、私！」と叫んだ。「その、水野教授の研究室なんですっ」

「これはこれは」

「で、でも、どうして警部さんは、水野教授のお名前を？」

「何年か前に、出雲関係のイベントでこちらにお見えになりましてね。松江市のホールでご講演なさったんです。東京の大学の先生が、私の地元の出雲に関してどんな話をされるんだろうと思い、たまたま非番だったんで聴きに行かせてもらいましてね」

「そ、それで、教授はどんなお話を？」

思わず身を乗り出してきた雅を見て、

「確か――」と藤平は、笑いながら顎を捻った。「『出雲国風土記』や、八岐大蛇がどうしたこうしたとか、あと、出雲の人たちがいかに朝廷から冷遇されていたとか」

「え……」

「余り耳にしたことのないようなお話ばかりだったもので、楽しく聴かせていただきました」

「その後、警部は」と松原も運転席から笑った。「一風変わった先生が来たもんだな、とおっしゃっていましたものね」

「こらっ」藤平は叱る。「その学生さんを前に、余計なことを言うんじゃない」

「すみません」

松原がペロッと舌を出し、肩を竦めて口を閉ざすと、

「さて」

藤平は改めて雅に尋ねる。

「今回の事件に関してです。あなたが、被害者を発見した経緯について、詳しく教えてください」

「はい」

雅は大きく頷いて、口を開いた——。


基本的に全てそのまま伝えたが、雅は「たまゆら」を見たのでタクシーに引き返してもらった、という点だけは話さなかった。

それこそきっと「変な人」だと思われてしまう。

というより、自分でもまだ、あれが「何」だったのかという確信がない。タクシーの窓ガラスに映った幻影だったのか、それとも太陽光の反射だったのか。ましてや「人魂《ひとだま》」などという可能性は、自分的には全く考えられない。

そもそも「人魂」は、屍体から放出された燐《リン》だの、自然界に存在する電気反応だの

といわれているが、その意見自体が怪しい上に、今回に限って言えば、被害者の女性はまだ衣服を身につけている状態で、しかも、死後一日か二日しか経っていないと聞いた。そんな状況で、化学反応の起きようもない。

でも——。

雅は、間違いなく見た。

見なければ、タクシーに戻ってもらわなかった。

そして、あの遺体を見つけることはなかった。

いや。

これも、後づけの理由なのだろうか。雅の気のせいだったのだろうか……。

すると藤平が、手にしたメモに目を落としながら尋ねてきた。

「そこで、何となく戻ったあなたは、草むらに落ちていた赤い櫛を発見した。そこに目をやったおかげで、被害者を発見した。ということでよろしいですね」

「はい……」

「赤い櫛を最初に発見したわけでもないのに、どうしてタクシーに戻ってもらったんですか？」

雅が敢えて口に出さなかった部分だ。

厳しいところを突いてくる。

「何となく……です」

「でも、わざわざ車を回してもらった」

「もしかしたら」雅は視線を上に逸らした。「車の中から、櫛が見えたのかも知れません。私にも分からないんですけれど……何か嫌な感じがした……」

「誰か人の姿があったとか、そういうことではないんですね」

そっちか。

雅は、少しホッとして答える。

「ええ。それは全く誰も」

「なるほど」藤平は、取りあえず納得した様子だった。「いえ、川に流されたにもかかわらず、被害者の髪に櫛が残っていたものでね。これは幸運でした。被害者が、あともう一日二日流されていたら、おそらく櫛も外れてしまっていたでしょうから。なので我々としては、ひょっとすると、後から誰かが挿したのかとも考えたもので、念のためにお尋ねしました」

「そうなんですね……」

「しかもその櫛は、被害者の物ではない可能性も考えられるもので」

「というと？」

「あなたは、数日前にこの辺りで起こった殺人事件を、ご存知ありませんか」

「殺人事件！」雅はシートの上で飛び上がってしまった。「いいえ、全く何も」

「そうですか」

と言って、藤平は菅原陽子の事件を簡単に説明した。黄泉比良坂で殺害され、遺体を損壊され、しかし髪には、綺麗なつげの櫛が飾られていた——。

「ということで我々は、そちらの事件との関連性も含めて捜査しているんです」

「ああ……」

首肯する雅に向かって、藤平が尋ねる。

「ちょっと、つかぬことをお伺いしてもよろしいでしょうか」

「は、はい」

「あなたが水野先生の研究室に入られるということでお訊きしたいんですが」藤平は前置きして雅を見た。「たとえば『櫛』や『簪』に関して、何かご意見などありますかね」

「櫛……ですか」

「いや。これは私の勝手な思いつきなんですがね、水野先生だったら何か変わったお考えをお持ちかなと。アドバイスなどあれば、ぜひいただきたいのですが」

そんなことを、突然言われても！

雅は、研究室に今年これから入るのだ。

しかも水野は、サバティカル・イヤーで日本におらず、研究室は御子神と波木祥子の悲惨なコンビが占めている。わざわざ質問してみるのも気が進まない。

「いえ」雅は正直に頭を下げた。「申し訳ないんですけど、私には何とも」

「そうですか」藤平は言う。「単なる思いつきで口にしてしまいまして。いや、水野先生ならば、何かおっしゃるだろうと思っただけのことです。すみませんでした。変な質問をしてしまい——」

その言葉に雅は、毅然として反応する。

「でも、特に何もないわけではありません」

「……とおっしゃると？」

「きっと、教授ならば——」

雅は水野の顔を思い浮かべながら、勝手に答えた。

櫛——「くし」という言葉は何故か、さまざまな神の名称の中に使われている。

たとえば、大国主命のもとにやって来た「奇魂《くし》」を始めとして、それこそ出雲では、素戔嗚尊の別名として「櫛御気野命《くしみけぬ》」とあるし、彼の后神は「奇（櫛）稲田姫」。しかも素戔嗚尊は、八岐大蛇と対峙した際に、彼女を神聖な「湯津爪櫛《ゆつつまぐし》」に変えて、自分の髻《みずら》に挿して戦った。これは、勇者が邪霊と戦う際に取る行為とされている。その他にも、九州・福岡には「櫛田神社《くしだ》」という社があり、主祭神は天照大神だが、もともとは「櫛田姫」という女神だったのではないかといわれている。

でも——。

「だから、『櫛』とは何だったのかと言われると……」雅はそこで口籠もった。「私には、まだ……」

水野には、遠く及ばない。

しかし、

「ありがとうございました」

藤平と松原は微笑み、礼を述べてくれた。

でも、自分の話をこんなに真剣に聞いてくれた感謝と同時に、きちんと説明しきれなかった恥ずかしさの、ない交ぜになった気持ちとで、

「すみません……」雅は謝った。「変な話を、長々と」

「いやいや」藤平は言う。「非常に興味深く拝聴させていただきましたよ」

「研究室に連絡を入れれば、もっと詳しい方たちがいらっしゃいますけど」

「そうですね」藤平は軽く首を捻る。「今のところ、あなたからの情報で充分なような気がしていますが……もしも、何かあればぜひ、いつでもご連絡ください」

と言って、藤平と松原、そして雅は携帯電話の番号を交換した。

それで、と藤平は気軽に尋ねてきた。

「あなたは、大学院の研究でとおっしゃいましたが、出雲はもう色々とまわられたんですか？」

「はい」

と答えて雅は、昨日今日とまわった場所を伝える。

するとやはり、

「能義神社とは、また渋いですね」藤平と松原は、顔を見合わせて笑った。「私も、秋の例祭で一度行ったかな、という程度です」

「今日も、どなたもいらっしゃいませんでした」

「そうですか」

藤平は答え、松原は手帳を閉じた。

「これからどちらへ？」

「黄泉比良坂から、揖夜神社にまわろうと思っています」

「それはそれは」と言って、藤平は松原を見た。「我々も一旦、署に帰る予定ですし、すっかりお時間を取らせてしまいましたから、少しまわってお連れするか」

「そうですね」松原も頷く。「帰り道ですし」

「じゃあ、そうしよう」

「では自分は、鑑識たちに話してきます」

「そんな！」雅は、あわてて叫んだ。「申し訳ないです」

「いやいや」と車を降りる松原を見送りながら、藤平もドアを開けて助手席へと移動して雅に言う。

「きっとこれも、何かの『縁』でしょう」

＊

黄泉比良坂から揖夜神社をまわって、雅が再び松江に戻った頃には、もう夕方近くなってしまっていた。

両方共に、雅の予想を超える不可思議な空間だったし、また本当はもう少し他の神社もまわりたかったのだが、今日ばかりは仕方ない。全く考えてもいなかった場所で、時間を取られてしまった。

先に熊野大社や八重垣神社に向かっていれば、こんな状況にならなかったかも知れないが、これも運命——藤平の言うように、一種の「縁」だったのか。

実際、島根県警捜査一課の警部が、水野教授のことを知っていたなんて驚きだ。しかも、講演会にまで参加していたなんて。でも、あの水野のことだ。藤平も言っていたように「一風変わった」「余り耳にしたことのないような」話を、大勢の前で延々と喋ってしまったに違いない。

大丈夫だったのだろうか？

というのも以前、ある寺院主催の講演会に呼ばれた水野は、その寺院の本尊や創祀のいわれが、一般的に流布されているものと全く違う上に、宗旨自体も不審な点が多いような気がする、などという論を展開してしまい、周囲から顰蹙《ひんしゅく》を買ったというエピソードを耳にした。しかもその時、水野の論説に対しては、誰も反論できなかったというから、余計に始末が悪い。

つまり水野は、その寺院がひた隠しにしていた、いわゆる「深秘《じんぴ》」を公の前で公表してしまったようなのだ。

水野らしいといえばその通りなのだが、さすがに、いかに何でも——。

〝恐ろしすぎる……〟

雅はひきつりながら笑った。

とにかく。

そんなこんなで、ぐったり疲れてしまった雅は、サンドイッチと奥出雲ワインを一本買ってホテルに戻った。今夜の夕食は、これで済ませてしまうつもり。後は温泉にゆっくり浸かって、最終日の明日に備えよう。

部屋に戻って、温泉に行く用意をしながら時計を見た。

午後六時過ぎ。

まだ研究室では、御子神が資料に没頭しているはずだ。何しろ彼は、一日の内の殆どを研究室で過ごしているらしいから。

どうする？

櫛の件で、御子神に連絡を入れてみようか。

落ち込んだ気分にさせられるのは充分に承知だけれど、むしろ後日、どうして電話を入れなかったんだ、きみは良く分かってもいないくせに、などと言われるのも嫌だ。

雅は、奥出雲ワインの栓を開けると一口飲んで自分を鼓舞してから携帯を電源に繋ぎ、意を決して研究室に電話した。すると、五回目の呼び出し音の後に、

「もしもし」と御子神が出た。

相変わらず、いかにも不機嫌そうな声だった。

「こ、こんばんはっ」雅は緊張しながら、挨拶する。「い、今ちょっと、よろしいでしょうか」

ああ、と御子神は抑揚のない声で答える。

「ちょうど、やっかいな資料を読み終えたところだから」

そこで雅は、出雲にやって来て二日目だということ、そして地元で起こった事件に遭遇してしまったことを伝えた。すると御子神は、

「出雲というと、どこの出雲かな」

と尋ねてきた。

は？

「どこのって」雅は素っ頓狂な声を上げた。「もちろん、島根県ですけど」

「島根県の何市？」

「出雲市と、松江市です……」

「そうか」

「他にどこか？」

「いや、別に」

「というより、御子神さんが『出雲国四大神』を調べろと――」

「そんなことを言った覚えはない。出雲を研究テーマにしようとしていたきみが知らないことに驚いた記憶はあるが」

「はあ……」

「それで『出雲国風土記』の謎は分かったのか」

謎は解けたのか、と訊いてこないところが御子神らしい。まだ雅が、その謎がどこにあるのかすら分からない、ということを知っている。

「い、いえ。まだそこまでは……」

「では、この時点でどんな質問が？」

「今、出雲国四大神をまわっているんです！　昨日と今日で、出雲大社、佐太神社、能義神社。そして明日は、熊野大社をまわる予定です」

「現地に足を運ぶことは重要だ。特に、出雲大社では色々なことが分かったろうな」

はい！　と雅は携帯を手に頷きながら、手元の資料を開いた。

「大社本殿は、まさに寂蓮法師《じゃくれんほうし》が『雲に分け入る千木の片そぎ』と詠んだというほど壮大な『宮殿』で、資料によると、八足門の手前から一二〇〇年前後に切り出されたと推定される本殿の柱の一部が出土し、それは直径一・三五メートルほどの杉材を三本まとめて一本の柱にしたもので、合計の直径は三メートルにも及ぶそうです。そしてこの方法は、千家国造家に継承されてきた『金輪御造営差図《かなわのごぞうえいさしず》』といわれる本殿の設計図とも合致していて――」

「誰も本殿の話などしていない」御子神は冷たく雅の言葉を遮った。「鎮座している場所だ」

「場所……というと？」

「現在でもその名残を感じられるが、そもそも杵築は、日本海に突き出た島根半島のつけ根の場所にある。出雲国の中では、北西端と言っても良い地域だ。しかも当時は、現在ほぼ消滅している神門水海《かんどのみずうみ》という内水域によって、出雲平野とは完全に隔てられていた。つまり、あの地域は『島』だった。その更に西端の地に、杵築大社は位置していた」

「すみません……。まだ私、古地図まで手が回らなくて」

「これが、何を意味しているか分かるか？」

「ええと……」

「きみが明日行こうとしている熊野大社と絡めて言えば、『出雲国風土記』の時代では、杵築大社の社格が非常に低かったということだ」

「えっ。でも、出雲大社で行われる、新嘗祭とかは――」

「天文十一年（一五四二）。出雲国では、大内・毛利氏と、尼子氏との戦いで、熊野大社は兵火に遭って焼失してしまった。そのために、それまでずっと熊野大社で行われていた新嘗祭火継式が、今度は神魂《かもす》神社に移った。やがて明治になると、出雲大社で行われるようになった。もちろん知っていると思うが、熊野大社の『亀太夫《かめだゆう》神事』に関しては？」

「それも明日、確認してこようと思ってます」

「これこそ出雲を表す、実に象徴的な神事だ。きみも授業で学んでいるはずだが」

と前置きして、御子神は続ける。

「毎年十月十五日、熊野大社の鑽火《さんか》殿《でん》で執り行われる神事だ。当日、出雲大社から宮司以下が、新嘗祭に供するための御饌《みけ》を炊く火を鑽《き》り出す新しい火鑽臼《ひきりうす》と、火鑽杵《ひきりぎね》を借り受けるために熊野大社へ出向く。この時、火鑽臼と同じ大きさの餅を持参するが、熊野大社から亀太夫という社人が出て、餅が去年より小さいとか色が黒いとか難癖をつけてくる。長い押し問答の末《すえ》、熊野大社側は、やっとこの餅を受け取り、代わりに火鑽臼と火鑽杵を出雲大社側に渡す。そのために、この亀太夫神事は『悪態祭』の一つとされているわけだ。さて――」

いきなり御子神は、尋ねてくる。

「ここで不思議なことは何だ？」

「は？　ええと……」

手に持った携帯が、汗でじわりと濡れる。

「つまり……というか何と言うか……。やっぱり、出雲大社の最も重要な祭りである新嘗祭のために、宮司以下がわざわざ熊野大社に出向いてまで、火鑽臼と火鑽杵をもらわなければならないのかということです」

「しかも、出雲大社からは宮司以下がやって来ているというのに、熊野大社は『社人』が応対している」

「そうです！　そういうことですっ」

「それほどまでに、出雲大社に比べて熊野大社の社格は、現在言われている以上に高かったということになる。それできみは、その出雲大社の主祭神として名前が挙がっている――というより誰もがそう信じている大国主命に、ご挨拶したのか？」

はいっ、と雅はこちら側で胸を張る。

「横を向いて座っておられるということで、本殿の西側から参拝しました」

「何故、主祭神が横を向いているんだ？　おかしいと思わなかったかね」

「それは重要ポイントのような気がしているので、これからそこを調べようと思っていました！　今のところの私の意見としては――」

単純な話だ、と御子神はあっさりと雅の言葉を遮った。

「出雲大社には、大国主命とは別に、本当の主祭神がいらっしゃるということだ」

「別の……本当の？」

「気がつかなかったのかね。わざわざ行ったのに」

そんなことを言われても！

出雲大社といえば、大国主命に決まっているではないか。

それとも、その他に誰か――。

眉根を寄せた雅の脳裏に、大社で会った地元の老人の言葉が浮かんだ。

〝この場所が、本物の大社さんじゃ〟

そうだ！

「素鵞社。素戔嗚尊ですねっ」

「その通り」

御子神はようやく、雅の言葉に頷いた様子だった。

「我々が拝殿の前に立って参拝する、その遥か前方、真正面に鎮座されている神様だ。その時大国主命は、我々の頭上で横を向いている」

「素鵞社の裏手には、大きな磐座もありました！　しかもその近くには、稲佐の浜から砂を持ってきて、そこに積んでお願い事をするという……。やっぱり、あそこが出雲大社の本質だったんですねっ」

「その証拠が、拝殿前の銅鳥居にはっきりと刻まれていただろう」

「銅鳥居というと……撫でるとお金が入ってくるといわれていて皆が触るために、エンタシスのその部分がてかてかになっている——」

「あの鳥居は、寛文六年（一六六六）に毛利《もうり》綱広《つなひろ》が寄進した物だが、そもそもは綱広の祖父の輝元《てるもと》が寄進したものを建て直したという。その鳥居には、はっきりと、素戔嗚尊は雲陽大社——つまり、出雲大社の神だ、と刻まれている。つまり、出雲大社の祭神は素戔嗚尊だとね」

「でも『出雲国 造 神賀詞《いずものくにのみやつこかんよごと》』には、きちんと、大国主命が主祭神だとあります。ということは、途中で入れ代わってしまったと？」

「ぼくは、逆だと考えている」

「逆？」

「その時に、本当の主祭神が顕わになった」

ということは。

最初から主祭神は素戔嗚尊だったけれど、ずっと大国主命といわれてきて、でも実は素戔嗚尊を祀っている素鵞社が、出雲大社の本質——。

これは、きちんと考えなければ！

いや。

今はそれが最重要話題ではない。この辺りの話は、東京に戻ってからで良い。それよりも。

「その素戔嗚尊関係で、お訊きしたいことがあるんですっ」

雅は、一気に喋る。

素戔嗚尊は「櫛御気野命」。

その妃神は「奇（櫛）稲田姫」。

また、素戔嗚尊が八岐大蛇と戦った際に、彼は奇稲田姫を「湯津爪櫛」にして自らの髻に挿した。

更にその後、大国主命のもとへやって来たのは「奇魂」。

喋り終えると雅は、ストレートに尋ねる。

「『櫛』って、一体何なんですか！」

「なかなか良い質問だ。できれば、学生時代にそんな言葉を聞きたかったが、まだ遅きに失しているわけではないというところかな」

「は？」

思いきり顔を歪める雅の耳元に、御子神の声が届く。

「京都・天橋立《あまのはしだて》の籠《この》神社において、天皇家よりも更に長い歴史を持つ海部《あまべ》氏が奉斎している饒速日《にぎはやひ》命の正式な名称は？」

「えっ」雅は記憶をたどる。「『天照国照彦火明《あまてるくにてるひこほあかり》――」

この間、雅の頭に引っかかっていたのは、この神だ！

「櫛玉《くしたま》饒速日命』ですっ」

そして、と御子神は続ける。

「奈良・三輪山《みわやま》の大物主神の正式名称は『倭大物主櫛甕玉命《やまとおおものぬしくしみかたま》』。そして奈良には『櫛《くし》玉《たま》比売命神社』があり、ここの祭神は『櫛玉比売命・市杵嶋《いちきしま》姫命・白山《しらやま》比売命』という女神たちと、天照大神だ」

「はい……」

「これらの事実から、櫛玉比売命（玉櫛比売命）や、櫛玉比売と同体とも考えられている神武天皇の母神で、巫女といわれる玉依姫《たまより》と、天照大神との関わりを考察することができる」

「……それで？」

雅の問いかけに一瞬の短い沈黙があった後、御子神がゆっくりと言った。

「また天照大神繋がりでいえば、伊勢神宮に天皇の名代として奉仕する未婚の内親王、または女王が『斎宮《さいぐう》』として旅立つ際に、それを見送られる天皇は、自ら『御櫛』を斎宮の髪に挿すのが慣習だった」

「はい」と雅は頷いた。「授業でも習いました」

「その理由は？」

「教わっていないので、分かりません」

「教わらないと、そこで終わるのか」

「私も気になって調べたんですけど、それに関して詳しく書かれた資料はありませんでした」

「その先を、自分の頭で考えようとはしなかったのか？」

「えっ」

「話にならんな。では、今日のところはこれで——」

「ちょ、ちょっと待ってください！」雅はあわてて訴える。「そっ、そういうわけではないんですっ」

「じゃあ、どういうわけだ」

「ええと……櫛は、呪物だったからです」

「何故？」

「それは……」

雅は必死に頭を働かせる。

「髪——神を飾る物だったし、故に自分の身を護る物として考えられた……」

「まだ時間は充分にあるだろうから、ゆっくり考えればいい——」

「いえ！」雅は叫ぶ。「そうですっ。『櫛』という文字のつく神々は、殆ど怨霊だからです！　怨霊を味方にして、身につけて自らを護ろうとしたんじゃないですかっ」

「その点に関しては、正しい」

その言葉にホッと一息ついた雅の耳に、御子神の冷ややかな声が伝わる。

「それら怨霊や鬼神の力を借りて、自分の身を護ったというわけだ。しかし、彼らを身にまとうということは同時に『あの世』へ旅立つことと等しかった。当然だな。彼らのいる世界に、一歩足を踏み入れるようなものだからだ。特に伊勢神宮などは、当時にしてみれば『黄泉国』と同列に考えられていた。それ故に——」

御子神は言った。

「天皇から斎宮に贈られた櫛は『別れの御櫛』と呼ばれた」

〝別れの……み櫛〟

その言葉に、いきなり雅の背中を電流が走った。

ちょっと待って！

つまり、それってもしかして。

「すっ、すみません！」

雅は、あわてて御子神の言葉を止めた。

「あ、あの。一旦、電話を切らせてくださいっ」

「…………」

「また後ほどお電話しますっ。よろしければ、携帯にでも」

「……いや」と御子神は答える。「まだ少し研究室で片づけものをしているから、どちらでも良いが」

「分かりました！　ではまた、改めて」

雅は御子神との携帯を切るや否や、藤平の携帯に電話を入れた。

藤平は、すぐ電話に出た。

「こんばんは！　昼間の、橘樹雅ですっ」雅は勢い込んで言う。「今、ちょっとだけよろしいでしょうか？」

「ああ」と藤平は答える。「先ほどは、お忙しいところ申し訳ありませんでしたな」

「いえ。こちらこそ、黄泉比良坂まで送っていただき、ありがとうございましたっ」

「研究は、進んでいますか？」

あの！　と雅は呼びかける。

「それで、例の『櫛』に関してなんですけど、やっぱり気になって研究室に電話したんです。そうしたら、部屋にいらっしゃった准教授がお話しくださって」

と言って雅は、先ほどの御子神との会話を簡単に伝えた。

櫛は神と同義だ。しかもそれは、ネガティヴな怨霊神や鬼神。

伊勢などの斎宮が出立する際に天皇が彼女に櫛を贈る慣習があったが、それは呪い《まじな》いであり、他の怨霊たちから斎宮を護るためのお守りだった。

そしてそれは――。

「別れの印だったんです」

「別れの印……というと？」

はい、と雅は答えた。

「警部さんがおっしゃっていたように、二つの事件で亡くなった方の髪に挿してあった櫛が、ご本人の持ち物ではなかったとすると、それは誰か第三者が――」

「別れの印として、彼女たちに贈ったということか？」

「櫛は、他人に贈ったりしてはいけないという迷信があります。でも、唯一許されるのは、今言ったような『別れ』の意思表示をする時なんです。しかも、この『別れ』はただの別れではなく、相手があの世――黄泉国へと旅立つ場合」

「ということは」藤平は、雅の言いたいことが分かったようだった。「つまり、これから自殺しようとする人間が、自らの髪にわざわざ櫛を挿すことはない、と？」

「そういうことです」雅は首肯する。「だから先ほどの女性の場合も、もしも、本人の持ち物でなかったとしたら、きっと誰かがあの櫛を彼女の髪に挿してあげたんです。黄泉国へと旅立つ、あるいは旅立ってしまった彼女への『別れの印』として」

「なるほど……」藤平は言った。「ただ、彼女の場合は遺書のような物が残されていてね。もちろん、その物証に関しても鑑定中ですが。しかし――」

藤平の言葉が止まった。

「どうされました？」

「いや……。ああ、それと他に何か気づかれた事などありましたら」

はい、と雅は答える。

「今言ったように『櫛』は、神といっても怨霊神や鬼神のようなんです。それがどうして、人を護る呪物になったのかというと、その経緯は――」

「いえ。そういったことではなく、事件に関して何かあれば」

「あっ。すみません。そうですね……以上です。少しでも参考になれば」

「ありがとうございます」藤平は丁寧に礼を述べた。「また何かありましたら、よろしくお願いします」

そう言うと、電話が切れた。

＊

雅との電話を切った藤平に、松原が足早に近づいてきた。

そして、

「警部」と耳打ちするように告げる。「新しい情報が」

「何だ？」

実は、と松原は言う。

「地元での聞き込みによりますと、黄泉神社の柳田吾郎と、あの三隅純子が交際していたようだと。いえ、まだどの程度の深いつき合いなのかは、判明していませんが」

「現在もか？」

「それもまだ……。しかし、昨日の雰囲気からしても、今も何らかの親しい関係にはあるのではないかと」

「よし」と藤平は、真剣な眼差しで言う。「できるだけ、詳しくしらべてみてくれ。だが――」藤平は苦笑した。「それが事実とすると、大変なカップルじゃないか、あ あ？　だが今は、こっちが先だ」

藤平は再び純子に連絡を入れると、松原を連れて彼女の家に向かった。

純子は相変わらずの青白い顔で二人を迎え入れ、昼間と同じリビングに通す。ただ、前回と違うのは、そこに今話していたばかりの当人、柳田吾郎がいたことだった。藤平にしてみても、いずれ吾郎から話を聞かなくてはなるまいと思っていたので、むしろ好都合だった。

そこで、テーブルを挟んで二対二で向かい合い、話をすることになった。

「こんな夕方遅くに押しかけてしまって、申し訳ありません」藤平は、まず謝る。「ちょっと、大西留美さんのことで、お訊きしたいことができましたもので。折角なので、柳田さんもおつき合い願えれば」

「すみません」と純子は、全員に言う。「私が、無理にお呼びたてしてしまって」

「いやいや」と吾郎は首を横に振った。「純子さんに電話をしましたら、留美さんの件であなた方がお見えになるということでしたので、お邪魔でなければと思い。というのも、彼女は今回のことで少し体調を崩してしまったようなので」

「それは、重ね重ね申し訳ありません」

「いえ……」

純子は答えたが、確かにこうして明かりの下でみると、昼間よりも顔色が更に青白いようだった。血の気がない。

そこで藤平が、

「では、手短に」

と言って留美の遺体が川縁で発見された話などを伝えると、二人は沈痛な面持ちで頷きながら聞いていた。

「どうしてまた、川に……」吾郎は頭を振る。「自分で飛び込んでしまったんでしょうか」

「その可能性もあります」

「まさか留美さんが、陽子さんの事件に関わっていたとか」

「それも考えられますが」藤平は答える。「ただ、今回彼女の髪には、菅原陽子さんと同様に、綺麗なつげの櫛が飾られていましてね」

「同じような櫛ですか？」

尋ねる吾郎に、

「いいえ」と松原が答えた。「形状は異なっていました。しかも、ご家族に確認したところ、おそらく本人の持ち物ではない、と」

「……ということは？」

「誰か、第三者が彼女の髪に挿したんでしょうな」

「まさか！」

「となると」今度は藤平が言う。「留美さんの死は、ひょっとすると自殺ではない可能性も出てきてしまったんです」

「いや、そんな」吾郎は、引きつった笑いを見せる。「今も純子さんと話していたんですが……。事実、遺書のようなメッセージも残しているわけですしね。あれは、彼女の物で間違いなかったですか？」

「それは、ほぼ確定しています」

「ではどうして、彼女の物ではないと思われる櫛が？　まさか、川縁に流れ着いた遺体に、たまたま側を通りかかった人が、供養のつもりで挿したとかは考え難い。一体、どういうことだったんだろう……」

「実はさっき、私はこんな話を聞きまして」藤平は二人を見た。「留美さんの遺体を発見された方が、たまたまそういったことにお詳しい方でしてね。更に、大学の研究室にまで電話を入れて、確認してくださったんです」

と言って、雅から聞いた話を伝える。

櫛は神と同様の意味を持っている。

しかもその神は、普通の神ではなく「怨霊神」や「鬼神」など、ネガティヴな神々である。ゆえに、皇女が伊勢の斎宮として出立する際には、それらの怨霊神たちを加護につけるために、天皇自らが彼女の髪に櫛を挿して送る——。

「あのような

「三隅さんは」藤平は、棚にズラリと飾られている櫛に視線を送った。「あのようなコレクションをお持ちなので、そういった点は色々お詳しいのではないかと思ったのですが、先ほどのお話では、余り良くご存知ないと――」

「私は……」と純子は言う。「櫛ではなく、簪に関して詳しくないと申しました」

「では改めてお尋ねしますが、櫛に関してはお詳しいと？」

「おそらく」と純子は、微かに笑った。「その方よりは」

ほう、と藤平は体を起こした。

「それは頼もしい限りですな。いや、先ほどは私の訊き方が悪かったようで。では、ここで『櫛』に関して教えていただきたい」

「とても長い話になりますので、今はちょっと」

「陽子さんや留美さんの髪に、櫛が飾られていたその理由だけでも」

「そのようなこと、私には分かりません。私に分かるのは『櫛』そのものに関してですので。ですから――」

「やはり」藤平は純子の言葉を遮って尋ねる。「被害者に『苦・死』を与えようとした誰かがいたということですかな。そして、黄泉国に旅立つ被害者に『別れの印』を手渡した。厳密には少し意味が違うかも知れませんが、仏教で言う引導のように」

「私には何とも……」純子は藤平から視線を逸らせた。「ただ、警部さんのおっしゃるように、誰かが彼女と別れたがっていたということかも知れませんね」

「誰かとは、たとえば？」

「分かりません……」

堂々巡りだ、と藤平は感じた。

純子はこちらが、かなり突っ込まないと、知っていること全てを話そうとしない。

そこで話題を変えてみる。

「では、その櫛を挿すための髪を切るという行為に関してはどうですかな」

「それは『呪《しゅ》』でしょうか……」

「しゅ？」

「呪いです。その女性が、神的能力を失うように」

「髪を切ると、そういった能力がなくなる？」

「なくなるわけではありません。生まれ変わるという意味なので、また一から出直さなくてはならなくなるという意味です」

「出直す前に、死んでしまったら？」

「それで、終わりです」

「そこで『別れの櫛』を挿す――」

藤平は呟くように言うと、話題を変えてみる。

「黄泉比良坂での被害者の、菅原陽子さんに関してなんですがね」

「以前にも申し上げたかと思いますが」純子は答える。「私、彼女に関しては、余り存じ上げませんので」

「いえ、そういう話ではないんです。陽子さんは、異界のモノが見えるとか見えないとか。これに関して、あなたも同様だと」

「それが何か？」

「たとえばの話なんですが、その異界のモノを呼び寄せたり、誰かに憑依《ひょうい》したモノを落としたりするなんてことは、実際にあり得るものなんでしょうかね。いや、陽子さんがそのようなことをなさったとかいう噂話を小耳に挟んだもので」

「私には……何ともお答えのしようがありません」

「あなたは、そういったことはおできにならない？」

「……はい。とても」

「しかし、知識はおありになる」

「それは――」

「警部さん」と、痺れを切らしたように、吾郎が割って入ってきた。「そんなことが、今回の事件と関係があるんですか？　霊だとか憑依だとかが」

「いや、これは失礼しました」藤平は苦笑いしながら謝る。「三隅さんのお話が大変興味深く、つい引き込まれてしまったもので」

「では、そろそろよろしいんじゃないですか。最初に言ったように、彼女は今、少し体調が――」

「了解しました」

藤平は松原に合図を送って、腰を上げた。また明日にでも、改めて出直そう。そう考えたのだ。

「ではまた、何かありましたら、ご連絡させていただきます」

「そうしてください」

見送りに立ち上がった吾郎に向かって、

「あ、あと一点だけ」藤平は尋ねた。「これを聞き忘れてしまっていたんですが、お二人は、どういったご関係なんでしょう。宮司さんと氏子さんとか？」

「……そういうわけではありません」吾郎は苦々しい顔で答えた。「単なる、地元の友人です」

「分かりました」

藤平たちは頷くと、再び丁寧に御礼を述べて純子の家を出た。

その三隅純子が、自宅の庭の木で首を吊って亡くなったという報せが入ったのは、それから僅か数時間後のことだった。

＊

雅は再び研究室に電話を入れる。

すると今度は、波木祥子が出た。彼女もまだ部屋にいたんだと思っていると、すぐに御子神と代わる。そこで、

「ありがとうございました」雅は礼を言った。「おかげさまで、事件関連で引っかかっていた問題を解決することができました」

「そうかね……」

相変わらず全く気乗りしない声で答える御子神に、雅は今日、タクシーで移動中に遭遇した事件を簡単に伝えた。そして、やって来た島根県警の警部が水野教授を知っ

ていて、それで「櫛」に関して尋ねられた——。

「松江の講演会というと」御子神は言う。「ぼくも同行させていただいたが、もう三、四年も前の話だな。その際に教授は、それこそ独創的な『出雲国風土記』などに関するお話をされて、地元の郷土史家たちから嫌な顔をされた記憶がある」

やっぱり。

苦笑いする雅に、御子神が尋ねる。

「しかし、きみがその遺体を発見したことが謎だな。今の話の限りでは、タクシーの中から見つけられるはずもない」

藤平と同じ部分を突いてくる。

雅は、一瞬戸惑ったが、思い切って本当のことを伝えることにした。頭からバカにされそうな気もしたけれど、下手に嘘を吐いても必ず見抜かれる。

そこで雅は口籠もりながら、

「実は——」

と言って、「たまゆら」の話を伝えた。

「でも、こんなことは生まれて初めてで……。いえ、もちろん私の見間違いだとは思うんですけど。ところが、本当にその場所に遺体があって……」

「ちょっと待ってくれ」

御子神は、電話口から離れた。

やっぱり嫌がられたのか。それはそうかも。何しろ、唐突にこんな話をしてしまったのだから。

後悔し始めた雅の耳に、

「もしもし」

今度は波木の静かな声が入ってきた。

「たまゆらを見たのね」

予想していなかったその質問に動揺して、

「は、はい」

あわてて答えた雅に、波木は尋ねる。

「詳しく教えてちょうだい」

「えっ」

雅は戸惑いながらも記憶をたどり、その時の状況、色や形状や大きさなどを、できる限り詳しく伝えた。

すると、

「それならば大丈夫」波木はやはり冷静に言う。「青白いたまゆらは、何も問題ないから」

「は？」

「しかも、小さくて可愛らしいとあなたが感じたのなら、全くの無害。それがもしも、赤や濃いオレンジ色で、嫌な感触を得たというなら危険だけれど。でもまあ、危険といっても、その程度の大きさならば、大したことはないでしょう」

「あ、あの――」

「それと、その遺体とたまゆらとは、直接何の関係もないわね。むしろ、あなたに教えてくれたのかも知れない」

「私に？　何をですか」

「そこに倒れ伏している遺体が、そのまま放置されていると、怨霊になってしまう可能性もある。まさに、瀬織津姫《せおりつひめ》のように。それを防いであげようとして、彼らがわざとあなたに気づかせようとしたんでしょう」

「彼ら……？」

「じゃあ、そういうことで」

いきなり波木の話が終わった。

雅は、ただ呆然と携帯を耳に当てていた。

何なのだ、この女性は？

「たまゆら」の研究もしていたのか？

ポカンと口を開けてしまった雅の耳に、今度は御子神の声が飛び込んできた。

「そういうことだそうだ。それできみは、これからどうするんだ？」

「とっ、とにかく」雅はあわてて現実に戻る。「私は、もう少し出雲をまわります。何の問題もないと思っていた出雲大社でさえ、知らなかった事実がたくさんありましたし。たとえば、御子神さんがおっしゃっていた、大社の立地は出雲国の端の端、しかも松江や宍道とは、遠く隔てられていたとか」

「そのもっと先端には、『風土記』にも載っている、日御碕神社がある」

そうだ。それも！

「そ、その日御碕神社なんですけど、昨日行ったんです」

と言って雅は、日御碕神社で感じた疑問点を、御子神に尋ねる。

素戔嗚尊を祀っている「神の宮（上の宮）」は良いとしても、天照大神を祀っているのに「日沉宮（下の宮）」という名称には、とても違和感を覚えた。というのも、この「沉」は「沈める、埋める、隠す、隠れる」などという意味の文字だから――。

すると、御子神は冷ややかに尋ねてきた。

「きみは、本当に行って来たのか？」

「行きましたよ！」雅は思わず叫んだ。「車で行きましたけど、それでも山道が大変だったんですから。でも、神社に到着してみると、とても立派な造りで――」

「社殿を見たのか」

「もちろん、しっかりと」

「では、神の宮と日沉宮の、それぞれの千木は？」

「えっ。それはもちろん、素戔嗚尊が男千木で、天照大神が女千木――」

「想像の話にはつき合えない。ではまた」

「ちょ、ちょっと待ってください！　今思い出しますからっ」

と言って咄嗟に記憶をたどったものの、すぐには浮かんでこない。そこで、画像の載っている資料を探そうとしたが、まだ整理できていないのですぐには見つからない。デジカメで写真も撮っているが、それもカメラのどこらへんにあるか……。

「きちんと確認しなかったんだな」

「い、いえ……その……」

「神の宮が女千木、日沉宮が男千木だ」

「は？」雅は、御子神が言い間違えたのかと思い、尋ねる。「逆じゃないんですか。『神の宮』の祭神は、男神の素戔嗚尊で、『日沉宮』は、女神の天照大神――」

「事実だ」御子神は雅の言葉を遮って断言する。「何なら明日、もう一度行って確認してくると良い」

「ちょっと、それは……」

明日はダメだ。

何といっても、八重垣神社に行かなくてはならないのだから！

「デジカメで、写真を撮っていますから、後で確認しておきます」

「カメラを向けた時に、気がつかなかったのか？」

「は、はい。すみません。当然、素戔嗚尊の『神の宮』が男千木、天照大神の『日沉宮』が女千木だとばかり思っていたもので――」

「何事も、予断を持って臨んではダメだ。それが、きみの数ある悪い癖の一つだ」

「申し訳ありません」

と答えながらも、雅は思う。

本当なのか？

御子神の勘違いなのではないか。

いや、それも後で写真を見てみれば分かる。もしも御子神の勘違いならば、教えてあげればいい。

でも……。

今の会話は、後ろできっと波木も聞いていたはず。もしも御子神の勘違いだったならば、彼女が何か言うだろう。ところが、何も言わないということは、やはり御子神の話は間違っていないのか。

となると、

「それは、何故なんでしょう？」

恐る恐る尋ねた雅に御子神は、

「夜寝る時に考えれば良い」

とだけ言った。

さすがに、それはダメ。

そんなことを考えていたら、眠れなくなってしまうではないか。明日の移動中の時間にでも、ゆっくり考えよう。

そこで雅は一応、

「分かりました」

と答えると、わざと一気に話題を変えて、明日の最終日の予定を伝えた。まず「出雲国四大神」の最後の一柱であり、どうやら出雲国で重要な位置を占めている素戔嗚尊のいらっしゃる、熊野大社から始まり——。

すると御子神は、

「最終日？」と訊き返してきた。「しかし、今までの話だと、きみはまだ殆ど出雲を見ていないようだが」

「は？　四大神の四分の三は見ました」

「能義神社は、どうだった？」

「地元の人たちの話や、色々な資料を見ても、謎の神社となっていました」

「当然、能義神社境内に祀られている『野美社』は見たと思うが」

はい、と雅は頷く。

「相撲の始祖、野見宿禰《のみのすくね》を祀っている——」

ハッ、と気がついた。

「これって、もしかして——」

のぎ……のき……のみ……。

つまり「能義」や「野城」は、

「――野見宿禰ですかっ」

「野見宿禰は、能義神社祭神である天穂日命の、直系子孫だからな」

そして天穂日命は千家国造家の先祖で、千家家は出雲大社宮司。

ということは、ここでも大きな社殿に祀られている神よりも、出雲大社と同じパターンで、境内隅に祀られている神が、真実の主祭神というわけなのか。

「では」雅は勢い込んで訊く。「佐太神社の猿田彦大神は、どうなんでしょうか」

「どうなんでしょうも何も」御子神は笑った。「猿田彦大神がどうしたんだ？」

尋ね返す御子神に、雅はずっと不思議に思っていた点を話す。

なぜ、あのような場所に「伊勢の神」であるはずの猿田彦大神が祀られているのか？　本当に猿田彦大神は、佐太神社近くの加賀の潜戸《くけど》で生まれたのか？

「きみはどう考えているんだ」

御子神の問いに、雅は答える。

「私は、違うんじゃないかと思います。というのも『蹉跎《さだ》』という言葉があります。これは『躓《つまず》いて進めない』とか『不遇』『衰退』『凋落』という意味も持っています。だからあの神社は、そういった境遇に置かれてしまった神が祀られていたのではないか、と」

「佐太神社の祭神が『猿田彦大神』と言ったのは、江戸後期の国学者・平田《ひらた》篤胤《あつたね》だ。それまでは、きみの言った通り『サダ神』が祀られていた。ただ単に、王権によって挫折させられてしまった神としてね」

「え……」

「ところが『サダ神』という名称は『記紀』に一言も出てこない。そこで一時期、潰されてしまいそうになった。そのため平田篤胤が、この『サダ神』というのは『猿田彦大神』であると言い、ある意味で、この神社を救ったんだ。猿田彦大神ならば有名な上、天孫降臨の道案内までしたとされている。朝廷にとっても、有益な神だからな。しかも『御先神《みさきがみ》』なので、社の立地的にも、海を睨むには最適だった。これはもちろん『岬神《みさき》』でもある」

「御先神は、いわゆる『ミサキ神』――」

そうだ、と御子神は言う。

「怨霊神のことだ」

それは知っている。

日本全国の「御先」「御前《みさき》」神社に祀られている神は、全員が怨霊だ。それこそ、日御碕神社も。それらの神は朝廷側の神々の先に立って導き、その役目を終えると大抵は殺されてしまう——。

そうか！

再び雅は閃いた。

おそらくそんな佐太神社に集まってくる神々は、全員が何らかの悲惨な運命を背負わされた神々だったのではないか？

ゆえに、怨霊神となってしまった伊弉冉《いざなみ》尊の墓参にやって来る。

だからこそ、あの神社に集まって来た神々は、とにかく全員、還っていただかなくてはならない。怨霊神のたまり場になってしまわないように。

そういうことだったのか……。

雅が一人で納得していると、御子神が尋ねてきた。

「そもそもきみは、出雲のどこをまわったんだ？」

「出雲市と、松江市です……」

「なるほど」と御子神は笑った。「それでは、素戔嗚尊に関しても、また先ほど出た『櫛』に関しても、全く本質にたどり着けないはずだ」

「えっ。どういうことですか！『櫛』に関して、怨霊神を表しているという以上に、まだ何かあるんですかっ」

「そんなお嬢様旅行では、どちらにしても無理だな。きちんと勉強してから、出直した方が良い」

カチンときた。

お嬢様旅行？

こんなに真剣に、くたくたになるほどまわっているのに！

でも、ここでキレている場合ではない。

悔しいけれど、御子神の言うことにも一理ある。

それにしても、「お嬢様旅行」とは何！

頭に来て動悸が速くなる。後で、ワインでも飲んで落ち着こう。

そう思ってボトルに目をやると——。

奥出雲、という文字が目に飛び込んできた。

そうだ！

出雲は「鉄の国」。和鋼博物館で見て来た、踏鞴《たたら》製鉄の本場。

そして奥出雲は、素戔嗚尊の八岐大蛇退治の里。

櫛名田比売の、脚摩乳・手摩乳の、故郷。

しかも、彼女が「櫛」となった地——。

「奥出雲ですねっ」雅は叫んだ。「出雲国、全ての本質は！」

「……………」

御子神の返事がないのを良いことに、雅は怒濤のように続けた。

「予定を変更して、奥出雲にも行って来ます！　いいえ、大丈夫。きっと、何とかなりますから。それに、あの地で何か新しい発見があると思うので。どうもありがとうございましたっ。また何かありましたら、明日にでもご連絡させていただきます。あと、波木さんにもよろしくお伝えください。感謝していますって。ではまたよろしく！」

雅は電話を切った。

すぐに、奥出雲ワインを一口飲んで、目の前に地図を広げながら考える。

何とかなる、大丈夫とは言ったものの、こうして地図を眺めているだけでも、奥出雲は秘境の匂いが充満している。もう少し進めば広島県。島根県の殆ど外れ、というより深い山の中だ。

雅は交通手段を調べる。

今回は、タクシーでは到底無理な距離だ。そこで電車を使うのだけれど、松江から山陰本線で出雲市方面に戻って、宍道まで。そこから木次《きすき》線に乗り換えて、奥出雲方面へ一時間半ほど行くことになるのだが——。

〝本数が、一日に六本しかない！〟

これは、かなり厳しい。

かといって、レンタカーを借りて移動する自信もない。

〝どうしよう……〟

しかし、悩む雅の目には次々と、素戔嗚尊や櫛名田比売、そして八岐大蛇にちなんでいると思われる地名が飛び込んで来る。

しかもその上に、

〝元八重垣神社跡？〟

雅は、目を皿のようにして地図を見つめた。

ここで「元」とついている以上「元伊勢・籠神社」のように、元々の八重垣神社がこの地にあったということなのか。

これは大変。やはり、絶対に行く必要がある。

となれば、一泊しなくてはならないだろう。この交通状況では、日帰りなど無理だ。かと言って、改めて出直す方が遥かに大変なことになる。今の時期ならば大学院も、特に決められたスケジュールはないが、来月に入れば、きっと身動きが取れなくなる。

〝よし！〟

雅は決めた。

もう一泊しよう。

奥出雲のどこかに泊まれば、ゆっくり一日かけてその近辺をまわることができる。

ただ、女性一人で泊めてくれる宿があるかどうか……。

でもここは、困った時の母親頼み。

雅は急いで、母親の塔子に連絡を入れた。

「どうしたの？」

と言って、のんびりと電話に出た塔子に向かって雅は、自分の置かれた現在の状況を焦りながら伝え、突然だけどもう一泊する必要に迫られた事情を説明する。

そこで、例の旅行会社の女性にお願いしてもらえないか。奥出雲の宿を取って欲しい。同時に、明日の飛行機のキャンセルと、新しい航空券の手配を頼みたい。それがダメならば、サンライズ出雲でも良いから——。

「いきなり、何を言ってるのよ」塔子は呆れた声を上げた。「本当に勝手な子ね」

「ゴメンなさい」雅は素直に謝る。「でも、お願い！　もう一度出直す方が大変なのよ。だって――」

「分かってるわよ」塔子は、溜め息混じりに言った。「彼女に聞いてみるから。でも、期待しないで待っててね」

「ありがとう！」

雅は電話を切ったが、何となくうまく行くような気がしていた。

だって、ここは「縁結び」の出雲。

それに――。

雅は、サンドイッチの袋を開けながら、赤ワインを一口飲んだ。

〝奥出雲は、最初から私の目の前にあったんだもの〟

きっと、このワインを手にした時からの運命だった。そう固く信じて、雅は簡単な夕食を摂る。

そういえば『出雲国風土記』の「飯石《いいし》郡」の条にも「鉄有《まかね》り」と書かれていて、これが出雲の「鉄」に関しての初出といわれている。この地はまさに、奥出雲だ。

また、出雲自体も、史学者の藤岡大拙《ふじおかだいせつ》が書いているように、

「関西以西において、ズウズウ弁といわれる独特の発音を持つ言語は、出雲弁だけで

ある。（中略）ズウズウ弁が古代語の発音の名残であるとするならば、なぜ、出雲一国のみに残るのか」

と問いかけ、その結論として、

「出雲にだけズウズウ弁が遺存するのは、それほど出雲が、古代から閉鎖的世界を形成していたからである」

としている。

そんな出雲の中の出雲が「奥出雲」だ。

しかもこの地方では、弥生中末期には、独特の祭祀が始まっていたとされている。

もちろん、非常に局地的な祭祀だったようだが、それがやがて形を変えて、熊野大社や出雲大社や佐太神社などに伝わって行ったのではないか、という説もある。

つまり「奥出雲」は、出雲の根源を成している場所なのだ。

そこに足を運ばずして、出雲について研究しようなど、これは御子神から冷たい皮肉を言われても仕方なかった……。

素直に反省しながら食事を終えた頃、塔子から電話が入った。

「どうだった？」

勢い込んで尋ねる雅に、

「何とかなりそうだって」塔子は脱力したように答えた。「無理矢理に頼み込んでおいたわ。彼女も笑っていたけど」

「ありがとう！」

雅は、心から感謝する。

塔子の話によれば、飛行機のチケットの変更手続きもしてもらった上に、宿も「亀嵩《かめだけ》」という駅の近くに取ってもらえたという。

雅が急いで地図に目を落とすと、その周辺には、櫛名田比売関係の神社や、製鉄関係の神社などなど、たくさんの重要な社が鎮座している。そしてもちろん、元八重垣神社跡もそれほど遠くない。これならば、明日と明後日で充分にまわれるだろう。

雅が胸を高鳴らせていると、

「但し」と塔子がつけ加えた。「予定変更は、これ一回限り。そして、宿には遅くとも、午後六時には入って欲しいって」

今日の明日、突然のことなので、夕食や風呂の都合があるらしいが、その点に関しては、全く文句を言える立場にはない。

雅は、快く了承した。そして、くれぐれも彼女によろしく伝えて、と言って電話を切った。そしてすぐに、時刻表を調べる。

すると、一日六本の時刻表の真ん中辺りに「宍道十六時二分発、亀嵩十七時三十四分着」という、ちょうど良い時間の木次線があった。これならば大丈夫。

というより、これしかない。

宍道は、松江から二十分くらいのはずだから、その電車に乗るためには……。

雅は、再び時刻表を調べる。

特急に乗れれば早いのだが、こちらはちょうど良い時間がない。しかし、松江十五時二十四分発、宍道十五時四十四分着という各駅停車があった。これで充分だ。午後三時頃まで、ゆっくりと松江市内の神社をまわることができる。楽勝！

雅は一安心して、温泉に行く準備をする。これで今夜は、安らかに眠れる。

＊

今度の通報は、吾郎からだった。

あの後、しばらくして吾郎も純子の家を出たらしい。しかし、別れた時の雰囲気と、家に帰ってからも何となく胸騒ぎがしたのとで、二時間ほど経ってから電話を入れた。

するといつもはすぐに出るのに、何度呼び出しても全く出る様子がない。そこで心配になって様子を見にやって来たら、庭の欅《けやき》の枝で純子が首を吊っているのを発見し、すぐに警察と救急に連絡を入れた——。

鑑識の話によれば、おそらくその頃は既に絶命しており、遺書はまだ見つかっていないものの、今のところ自殺を否定する要因は、何もないという。索条痕も一本で、現場に近づいている足跡も純子の物だけだし、足場にしたと見られる木製の台にも、純子が蹴飛ばした痕だけが残されているという。

報せを受けて、三度、松原と共に純子の家へと向かう車の中で藤平は、もしかして追い詰めすぎたかと反省した。とはいえ、この一連の事件で純子に関して、何らかの関与は疑っていたものの、犯人と断定して話をしたことは一度もないはず。しかし、会話の中で彼女の心理が微妙に動いてしまった可能性はある……。

現場に到着すると、今までの様子とは打って変わって、見るも哀れなほど動揺している吾郎の姿があった。

警官に囲まれている吾郎に藤平たちが近づいて行くと、二人の姿を認めた吾郎は、今まで見せたことのない、すがるような目つきで藤平たちを見た。

そこで藤平も、吾郎に声をかける。

「先ほどはどうも。そして今回は、あなたが第一発見者ということのようですが」

「はい……」吾郎の声は、明らかに震えていた。「まさか、こんなことになるとは……」

「お話を聞かせていただけますね」

「ええ……」吾郎は何度も頷く。「全て、お話しします」

「全てというと？」

「もちろん……今回の事件の、全てを」

その言葉に藤平は松原に目で合図を送り、松原も軽く首肯した。

三人は松原の運転で、現場から五分ほど離れた黄泉神社に移動する。

しん、として物音一つしない、春の夜だというのに何か寒々しい社務所の硬いイスに腰を下ろすと、重苦しい空気の中、藤平は吾郎に言った。

「では『全て』を、お話しください」

メモの用意の整った松原をチラリと見て、

「はい」と吾郎は、ゆっくり頷いた。

「三隅純子さんと私は、結婚こそしていませんでしたが、長いおつき合いでした。そして彼女は、亡くなった菅原陽子さんを心から尊敬していたんです。人格はもちろん、この世ならぬモノを見る力、全てに心酔していました。ところが、留美さんが陽子さんに相談を持ちかけてから、陽子さんの力が突然衰えてしまったと感じて悩んでいました。頻繁に陽子さんの家に通っているという噂を耳にして、純子は平常心でいられなくなったんでしょう。嫉妬の余り、彼女たちに恐ろしいことを——」

「と言うと？」

「警部さんもご存じのように、この辺りは黄泉比良坂。伊弉冉尊が悪鬼となって、黄泉国から戻って来ようとした地です。その時、伊弉冉尊の体には、数々の雷神や醜い蛆、そして毒蛇がまとわりついていました。それを、伊弉諾《いざなぎ》尊が大きな岩で道を塞ぎ、彼女の帰還を阻止した。しかし、彼女の体にまとわりついていた小さな魔物たちは、その隙間を通り抜けて、こちらの世界に入り込んでしまった。出雲にある大きな神社は、伊弉冉自身を封じていますが、私たちは、それらの小さな魔物たちを封じているのです」

「確かに、ここ出雲は、伊弉冉尊を祀っている神社が多いですからな」

「全国的に見てどうなのかは存じ上げませんが、出雲国では、伊弉冉尊を祀っている神社が多いのは確かです。そして我々は、彼女に付随してやって来てしまった、邪悪な鬼神たちを祀り、封じているというわけです」

「こちらの神社も、そうだということですな」

「その時にやって来た毒蛇たちを祀り、封じています」

「蛇を、ね」

「出雲大社の大国主命も、その姿は蛇神であるというのは有名な話です。しかしこの神社で封じているのは、そんな立派な蛇神ではなく、もっと邪《よこしま》な蛇神なのです」

「でも、それが？」

「純子は、その神々の一柱である毒蛇を――」

と言って、吾郎は広げた自分の両手に顔を伏せた。

「こともあろうに、留美さんに憑依させてしまったんです」

「えっ」

「私が気づいた時には、すでに遅く――」

「そんなことができるんですか？」

「先ほど警部さんが、陽子さんの憑き物落としの話をされましたが、まさにそれと正反対の行為を、純子はやってしまったんです」

「しかし……」

「もちろん、そんなことをすれば、仕掛けた当人も邪気に襲われます。だから普通は、いくらそんな力を持っていたとしても、そういったバカなことはしない。ところが純子は、敢えて行った。故に、急に体調を崩してしまった」

それで、あれほど青白い顔で覇気がなかったのか、と藤平は納得する。まさに、話に聞く「幽鬼」のようだった……。

「だが」と藤平は尋ねる。「それが本当であれば、留美さんはどうなってしまうんでしょうか？」

「特に何の原因も見当たらないのに、突然体調を崩し、毎日が鬱々と暗くなり、運気も下がってしまいます。目の前の全てのことが、うまく行かなくなる」

「それで今回、彼女は川に――？」

いいえ、と吾郎は首を横に振った。

「そうではありません」

「と言うと？」

「今回、留美さんには幸いなことに、菅原陽子さんという巫女がいた」

「ほう……」

「陽子さんは留美さんの異変にすぐ気づいて、彼女の方から声をかけたと言っていました。何かおかしいわよ――と」

そういうことだったから、留美は藤平の質問に口籠もって答えられなかったのか。どう説明しても、信じてもらえそうにないし、かえって自分が変な人間に思われてしまうかも知れないと思って……。

納得する藤平の前で、吾郎は続けた。

「尊敬する陽子さんが、留美さんに堕落――汚されてしまったと感じて、どうしても許せなかったんだと思います。陽子さんも純子を知っていたこともあり、すぐにピンときたそうです。これは、ただの嫉妬心や生霊の類いではなく、人為的に仕掛けられたものだと」

「分かるものなんですな……」

「私には何とも言えませんが」吾郎は苦笑した。「警部さんたちも、ピンとくる瞬間がおありなのではないでしょうか」

その意見には同意できた藤平は、肩を竦めて先を促す。

「そこで」と吾郎は続ける。「陽子さんは、改めて留美さんを呼んで、彼女に取り憑いていた毒蛇を落とし、なおかつ再びそういう目に遭わないように、結界を張ってあげた」

「結界というと？」

「我々の目には見えない注連縄を、彼女の周りに張り巡らせてあげたと思ってください。決して、邪悪な霊が近づけない神域です」

「なるほど……」

「当然、純子はそれに気づきました。誰かが自分の憑依させた霊を落とし、その上に結界まで張り巡らせたと。そのために純子は激怒してしまった。もちろん、そんなことができる人間は誰なのか、すぐに分かったでしょう。陽子さんしかいない、と」

「ということは、そのために陽子さんを？」

「ええ」と吾郎は、沈痛な面持ちで答えた。「許せなかったんだと思います。もちろん、あんなことをしてしまえば自分の身にも災いが降りかかる。それを充分に承知した上で……」

「彼女の髪を切って、櫛を髪に挿してね」

「警部さんもおっしゃっていたように、全てが別れの印でした」

「簪は？」

「それは私も驚いたんですが」吾郎は悲痛な声で言った。「おそらくは、陽子さんと神界——霊界を繋ぐ道を閉ざそうとしたんでしょう」

「……と言いますと？」

「伊弉諾尊の左眼からは、天照大神がお生まれになっています。だから、簪——神刺しで閉ざして、右眼の月読《つくよみ》命、つまり黄泉国に行くように、と」

「ああ……なるほど」

藤平は、その言葉に不思議と納得しながら、更に尋ねた。

「あともう一点。では、留美さんからの謝罪とも取れる、あの一筆箋に関してはいかがですか？」

おそらく、と吾郎は答える。

「純子に呪をかけられている、と陽子さんから聞いた後に届けたんでしょう。恨みを買った本当の理由は、分かっていなかったかも知れませんが」

「しかし……。陽子さんといい、純子さんといい、不思議な方たちですな。そういった家系の方たちなんでしょうか」

「二人とも、奥出雲出身なんです」

「奥出雲？」

「櫛御気野命——素戔嗚尊の郷です。あと、奇（櫛）稲田姫と」

と言って吾郎は軽く嘆息した。

「彼女たちは、おそらく我々が見えないモノを見ながら生きてきたんでしょうね。二人と一緒にいると、今こうして目に見えている物だけが、この世の全てではないとつくづく感じさせられました」

「そういうことですか……。では最後にお訊きしたいのですが」

「はい」

「これからあなたは、どうされるおつもりですかね」

「知っていたのに言わなかった」吾郎は硬い表情のまま答えた。「その罪に問われれば、素直にそれに従います。後は、ずっと彼女たちの霊を祀り、弔って行くつもりです。間違っても伊弉冉尊のような大怨霊とならないように。とにかくこの地は——」

吾郎は、藤平たちを見た。

「出雲、鬼の棲む国ですので」

＊

翌日。

雅が、ゆるゆると起き出して出発の用意をしていると、携帯が鳴った。誰からだろうと思って画面を見れば、藤平からだった。

雅が応答すると藤平は「おはようございます」と言って、事件が解決した事を告げた。そして、それに関して何点かだけ確認させていただきたいと言う。

しかし雅は、これから出発しなくてはならないと告げたのだが、藤平は「申し訳ありません。すぐに済みますから」と言って、結局、松江駅前のホテルのラウンジで会うことになった。

雅も、どちらにしても松江駅までは行く。そこで了承したのだが、実際に藤平や松原たちと会って話を聞くと、話が長くなってしまった。一通りの話が終わってから、

「これからどちらへ？」

微笑みながら尋ねる藤平たちに、雅は今日の予定を伝える。すると、

「それは大変だ」藤平は大袈裟な身振りで言った。「そうとは知らず、申し訳ありませんでした。では、途中までお送りしましょう」

その提案に雅は、

「いえ、そんな……」

と言って固辞したのだが、結局、熊野大社まで送ってくれることになった。車なら

二十分ほどだという。そこで雅は、その提案をありがたく受け入れることにした。

出雲大社と並んで「出雲国一の宮」の熊野大社は、松江市八雲町熊野に鎮座している。祭神は、もちろん素戔嗚尊。しかし『出雲国風土記』では「熊野大神」とあり、また『延喜式』には「熊野大神櫛御食野命《くしみけぬ》」と載っている。

これを以て、熊野大神は「食を司る神」という説もあるが、雅は同意できない。御子神の話からも分かるように、ただ単に食を司るだけではなかったろう。何しろ彼の話だと、出雲大社の本当の主祭神だというのだから。

また『書紀』の斉明天皇五年の条に、

「是歳《ことし》、出雲国造《いずものくにのみやつこ》　名を闕《もら》せり　に命《おお》せて、神の宮を脩厳《つくりよそ》はしむ」

という一文が見える。そして、この「神の宮」は「出雲大社」だという説と「熊野大社」だという説の二通りあったが、現在では「熊野大社」ではないかと考えられている。

ちなみにこれは、例の揖夜《いや》神社に犬が死人の腕を置いていって、それが天皇崩御の印だったと書かれているのと同じ箇所だ。

しかし、この「脩厳」という言葉は、辞書にも載っていない曖昧な表現だ。おかげで解釈として「新たに整える」とも「厳かに修理する」など、はっきりしない。

確かにこの「神の宮」を出雲大社だと考えると、大社社伝によれば最初の神殿造営は、第十一代の垂仁天皇の時代としているので、ここで「脩厳」ということになれば、第三十七代の斉明天皇の時代まで、仮宮のままだったことになってしまう。

しかもその神殿は——御子神に言われて、雅も確認してみたが——確かに出雲国の本土から海を隔てた島の、更に西の端にあった。

また、こちらの熊野大社にも謂われがあって、もとから現在の地に鎮座していたわけではないのだという。『風土記』によれば、意宇郡熊野山の説明に「所謂《いわゆる》熊野大神の社《やしろ》、坐《ま》す」とある。つまり、この社はもともと熊野山にあり、それが時代を経ると共に、さまざまな神々を合祀しながら、明治になってようやくこの地に納まったということらしい。

雅は大きな石鳥居をくぐると『風土記』にも記述のある「意宇河（川）」に架かる朱色の「八雲《やくも》橋」を渡り、今度は木造の三の鳥居をくぐって熊野大社境内に入った。

緑の匂いが濃い。

そして、意味もなく圧倒される。

雅は手水舎で、手と口を清めると、石段を上って大注連縄の掛かっている随神門をくぐった。右手には、もとは拝殿だった建物を移築したという舞殿が、そして正面には立派な千鳥破風を載せ、神紋の「亀甲に『大』文字」が金色に輝く、現在の拝殿が建っている。ここの注連縄も異様に太い。

雅は真剣に参拝すると、広い境内を歩く。出雲大社から宮司たちが、わざわざ足を運ぶという鑽火殿《さんかでん》から、稲荷社、荒神社とまわると、その隣に「伊邪那美《いざなみ》神社」とあった。

また、こんな場所でも伊弉冉尊と出会うとは。

出雲は、素戔嗚尊と伊弉冉尊だらけではないのか。どこに行っても、この二柱の神が坐している——。

いや。今は、深く追究するのを止めておこう。

雅は、本殿の千木が「男千木」であることだけをしっかりと確認して、熊野大社を後にした。

とにかく時間がない。といっても、ここまでやって来て『古事記』に「須賀宮」と収載されている「須我神社」にご挨拶しないわけにはいかない。何しろ「日本初之宮《にほんはつのみや》・和歌発祥の地」なのだから。

でも、未だに雅は例の、

「八雲立つ出雲八重垣妻ごみに――」

という歌が、どうも納得し切れていないままだった。

だから、このまま素通りするわけにはいかない。雅は急いで向かった。

やはり太い注連縄の掛かった神門をくぐり、歌が刻まれている大きな岩を眺めながら、二十段ほどの石段を上って参拝した。こちらの神紋は「二重亀甲に八雲」。珍しい紋だった。

本来ならば「奥の宮」も奉拝したかったのだが、さすがに時間がなく諦め、雅は次の神魂《かもす》神社へと向かうことにした。

タクシーにすれば良かった、と後悔したが遅い。バスがなかなか来なかったのだ。しかも、バス停を降りてから延々と歩いてしまった。時間がある時だったら、とても素敵な田舎道だろう。周りの緑も濃いし、すぐ近くは「八雲立つ風土記の丘」なのだから、ゆっくり一日時間を潰すことができる。

でも今は！

昼食を諦めているのに、時間がない。

雅は足早に一本道を歩く。レンタサイクルに乗って談笑しながらやって来る若者たちと、何人もすれ違った。その自転車を貸してもらいたいほどだったが、雅は必死に歩いた。

ようやく神魂神社に到着した雅は、そこでもショックを受けた。

鳥居をくぐってから先の、石段が長い！

決して急勾配ではないものの長い。しかもその先には「男坂・女坂」などとあるではないか。「急な石段」と「なだらかな坂道」と、二種類の参道があるということだ。

選択の余地はない。雅は、当然「男坂」を選ぶ。

息を切らしながら石段を上って境内に到着すると、そこには小高い山と鬱蒼と繁る木々をバックにして、現存最古の大社造りの本殿が、待っていてくれた。神紋は「二重亀甲に『有』文字」。もちろんこの「有」は「十」と「月」で、十月の神在月を表している。

雅は、この何でもない狭い空間に圧倒される。

出雲大社とは違う、また熊野大社とも違う、殆ど何の飾りもない茶色一色の社殿に感動した。

来て良かった。

雅は深く拝礼した。心から素直にそう思える神社だった。

その後、社務所で「九つ」の雲が描かれた「八雲の図」の絵はがきを購入した雅は、感動の余韻に浸っている暇もなく、今日の最終目的地で、当初からの最大――などと口にしてしまうと御子神に冷たく叱られるが――目的でもあった、八重垣神社へと走った。

午後三時過ぎまでには松江駅に戻らなくてはならないのに、もう二時をまわっている。雅は走りながらも、今一度時間の確認をする。

亀嵩に十七時三十四分に到着するためには、宍道を十六時二分発の木次線に乗らなくてはならない。それに乗るには、松江駅十五時二十四分発の山陰本線に乗らないと間に合わない。そのためには十四時五十分八重垣神社発のバスに乗って、松江駅に十五時六分に到着。コインロッカーから荷物を取り出さなくてはならないから、それでもギリギリ。

最悪の場合はタクシーを頼むつもりだけれど、呼んだタクシーの到着を待つ時間を考えたら、きっと同じ。本気で焦ってきた時、目の前に大きな鳥居と、道を挟んで立つ「連理玉椿《れんりのたまつばき》」が見えた。

八重垣神社だ。

雅は手水舎で口と手をすすぐのももどかしく、随神門をくぐって参道を進む。

やはりここの立派な拝殿にも、太い注連縄が掛かっている。いくつも並んだ提灯には、神紋の「二重亀甲に剣花菱」が赤く描かれていた。もちろんこの神紋は、出雲大社の神紋と同じだけれど、そういえば、揖夜神社もこの神紋だった。出雲国造家の家紋でもあるから、何か共通点があるのだろうか……？

雅は参拝後、拝殿後方に建つ大社造りの本殿へとまわってみた。そして、本殿屋根上の千木と鰹木を確認する。

〝え？〟

女千木だった。

でも、鰹木は三本。

〝どういうこと？〟

いや。それほど驚くことはない。

雅が勝手に「八重垣神社の主祭神は素戔嗚尊」と決めつけていただけだ。確かに素戔嗚尊も主祭神だが、同時に奇稲田姫——櫛名田比売でもあるのだから、女千木でも全くおかしくはない。一般的に考えられている以上に、奇稲田姫を重要な祭神としてお祀りしていることになる。

さて！

いよいよ、例の奥の院、佐久佐女《さくさめ》の森の「鏡の池」。二種類の伝承が残っている、稲田姫命「姿見の池」だ。

雅は社務所で、まず「櫛守り」を手に入れると、続いて縁結び占い用紙を購入する。これを池に浮かべて、その上に硬貨を載せて占う。説明には、十五分以内に沈めば良縁が早く訪れ、三十分以上かかってしまうと縁遠い。また、自分の近くで沈めば身近な人、遠くで沈めば遠方の人と結ばれることになるらしい。

急にドキドキしてきた。

時計を見れば、時間はまだある。そこで雅は、気持ちを落ち着かせるためと、折角ここまでやって来たのだからと思い、重要文化財の「板壁画」を見学することにした。こちらも社務所で拝観料を払い、社務所斜め正面、鏡の池に行く道の途中に建っている薄暗い宝物殿に入った。

板に描かれている絵は古色蒼然としていたが、雅の予想以上に美しく保たれていた。まだ白色の胡粉《ごふん》のない時代に、白土《はくど》を用いて板を塗り、その上に彩色した物だという。かつては、神官しか拝観できなかったが、こうして一般の人々も見学できるのだから、拝観料の二百円は絶対的に安いと思った。

雅は宝物殿を出ると、何やら怪しげなオブジェ——大きな木製の男根が数本飾られている、山神《やまのかみ》神社を横目に通り過ぎ、八重垣神社奥の院の佐久佐女の森に到着した。

池の周りでは、すでに何人かの女性や男性が、池に占い用紙を浮かべて歓声を上げていた。

雅も空いた場所に入りこみ、綺麗に澄んだ水に用紙を浮かべ、取り出した硬貨を静かに載せる。そして、池の向こう岸に鎮座している天鏡神社《あめのみかがみのやしろ》にいらっしゃる、稲田姫命に祈る。

〝どうか。どうか早く沈みますように。しかも、できるだけ私の近くで！〟

祈ること十分。

占い用紙は雅の近くを漂っているものの、全く沈む気配がない。周りの女性たちは、誰もが黄色い声を上げて笑い合いながら、去って行ってしまった。そしてまた、新しい女性のグループがやって来る。

更に十分。

雅の用紙は、ゆらゆらと漂うばかり。

〝嘘よ！　何でそうなのっ〟

思わず指を出しそうになったが、自粛した。

そうだ。それよりも、バスの時間！

時計を見れば、もうすでに十四時四十二分だった。バス停まで、ここから五分はかかるのに、あと八分でバスがやって来てしまう。しかもそれに乗り遅れると、今日中に奥出雲まで到着できない。

雅は、イライラと占い用紙を睨んだが、用紙は春風に吹かれて気持ちよさそうに池の水の上を漂い、その上、さっきよりも雅から遠くなっているではないか。

〝もうっ〟

雅は諦めた。

くやしいし、納得がいかないけれど仕方ない！

雅は唇を噛みしめながら、早足で境内への道を戻った。

「どうしてこんなに時間がかかるのよっ。おかしいでしょう」

バス停への道を走りながら、八つ当たりするように独りごとを言った時、

〝時間がかかる……〟

自分の口から出たその言葉が、頭の中で渦を巻き始めた。

〝もしかして……そういうこと？〟

バス停にはすでに何人もの観光客が列を作り、雅が最後尾に並ぶのと殆ど同時に、

松江行きのバスがやって来た。

ホッと一息ついてそれに乗り込むと、空いている席に腰を下ろしてペットボトルの水を飲んだ。すぐに、バッグの中から『出雲国風土記』を取り出すと、確認する。

〝やっぱり、これだわ！〟

御子神の言っていた『風土記』最大の謎。

それは「時間」だ。

実はこの『風土記』の内容に関しては、

「その中身が余りにも稀薄なのである。端的に表現すれば、非常に出来の悪い旅行案内書とでもいうべきか」

という評もあるほど、特別に書き上げられたものとは言えない。事実、雅が指摘したように、大国主命の国譲りの伝承や、素戔嗚尊の八岐大蛇退治の伝説も載っていない。そしてここで重要な点は、元明天皇が編纂を命じたのは、和銅六年（七一三）五月二日。それを受けて『出雲国風土記』が撰進されたのは、天平五年（七三三）二月末だ。総員三十六人もの人間が関与したにもかかわらず、実に二十年もの歳月を要している。

〝どうして、そんなに時間がかかったの？〟

ちなみに『風土記』編纂に当たった人々の総責任者は、朝廷からも特別な扱いを受けていた出雲国国造で意宇郡の大領でもあった、出雲臣広嶋だ。

ところが、今改めて彼に関する部分を読むと、意外なほど処遇が悪い。天平五年の時点で、外正六位上勲十二等。いわゆる「殿上人」と比べると「地下人」だ。

これも謎ではないか。

〝どうして？〟

でも、ようやく御子神の言っていた「謎」の存在に気がついた。

「何故これほどまで『出雲国風土記』の編纂に時間が費やされたのか？」

今は分からない。

〝解くのは、これからよ〟

雅が心の中で大きく頷いた時、バスは定刻通りに松江駅に到着した。

しかしここからも気が抜けない。雅はバスを降りるとコインロッカーまで走って、荷物を取り出して、切符を買ってホームへ。

すると、すぐに山陰本線が滑り込んで来た。これに乗って宍道へ。

雅は電車のシートに腰を下ろすと、大きく嘆息した。

素戔嗚尊と櫛名田比売。そしてその名に隠されている「櫛」の本質を追いかける。ただ「櫛」に関しては、半分以上解けているはず。これから御子神がまだ口にしなかった、最後の要の部分を見つける。

それにしても、御子神の言葉ではないが、出雲は「素戔嗚尊」だらけだった。出雲というと「大国主命」とばかり思い込んでしまうけれど、それはどうやら誤りだった。そう思って、窓の外を流れて行く出雲の風景を眺めていた雅の頭の中で、再び何かが弾けた。

〝素戔嗚尊だわ！〟

だが、さすがに今から宍道までの時間では調べきれない。バッグから資料も取り出す必要もあるだろうし、宍道から木次線に乗り換えた時に回そう。そう思って、今はメモを取っておくだけにした。

そのメモは「案山子について」。

崩《く》え彦《びこ》だ。

どうしてその神が『古事記』いわく「尽《ことごと》く天下《あめのした》の事を知れる神」なのか。それほどの知恵者なのに、何故、朝廷からは貶められているのか。

それは「案山子」に「素戔嗚尊」が準《なぞら》えられているからなのではないか。

いや。決して本人そのものだとは限らない。しかし、案山子が製鉄民であれば、職業病からくる「片足」であるのは当然だ。そして彼らは「和鋼博物館」で見て来たように、製鉄はもちろん、その他にも自然に関しての膨大な知識を持っている。

また『書紀』神代第七段、一書第三では、高天原を追放された素戔嗚尊に関して、どう書いてあったか。これも後ほど、ゆっくり確認するが、確かこうあったはず。

諸々の神が素戔嗚尊を責めて根の国——黄泉国へ送り出した時、雨も激しく泊まる宿もなかったのに、誰一人として彼を救おうとした神はいなかった。というのも、素戔嗚尊のような格好をしているものを助けたならば、その神も素戔嗚尊と同じ仕打ちを受けるであろうことが明らかだったからだ。そして、その時の素戔嗚尊の格好こそ

「青草を結束《ゆ》ひて、笠蓑《かさみの》と」していた。

つまりそのまま、案山子の「蓑笠着けて」だ。

いや、まだまだ共通点はあるはず。

そう考えてメモ帳に目を落とそうとした時、電車は宍道に到着した。雅は、木次線に乗り換える準備をする。

さあ。

いよいよ出雲の本質、奥出雲だ。

出雲を、素戔嗚尊と櫛名田比売を、そして「櫛」を追って行く。雅はホームに降り立つと、春風の中で大きく深呼吸する。

しかし、雅にとって現在最大の問題はこっちだった。

〝あの占い用紙は、もう沈んだかな？〟

《エピローグ》

いつから私たちは、これほどたくさんの大切な物を失ってしまったのだろうか。

敗戦の焼け跡から立ち直ってきた、昭和の時代からか。

文明開化の嵐が吹き荒れた、明治の頃からか。

それとも、もっと以前からか。

どちらにしても今、これまで連綿と受け継がれてきた伝承が少しずつ失われ、ここにきてついに、わが国の根幹にも関わろうかという事実すらも、忘却されようとしている。しかも多くの人々は、それらの事実が失われつつあるということ自体に気づいていない。

そうであればこの先、私たちを待ち受けているのは、緩慢な死だけだ。

では、それを食い止めたい、あるいは少しでも遅らせたいと望む人間は何をすれば良いか。

答えは簡単。

最も日本的なモノに目を向け、それらを心から信奉すること。

遥か遠く、神代の昔から我々の近くに存在し、同じ日々を暮らし、幸も不幸も共に味わい、喜怒哀楽を共有してきた「神々」の存在を、素直に認めること。一般的にそれは八百万の神だが、それ以上に重要で、しかも当時の人々でさえ忌避してきた神々の実在を認めること。

それは——怨霊神。

私たち日本人は、ずっと怨霊神と共に生きてきた。

特にここ、出雲はそれが顕著だ。どこに行っても、数々の怨霊神が祀られている。

私は個人的に、出雲の「神在月」というのは、ただ単に神々がいらっしゃるという意味だけではなく、怨霊神たちが暴れる「神荒《かみあれ》」からきているのではないかと考えている。

だからこそ、出雲の人々は海や陸を越えて集ってくる神々を迎える際には、とにかく音を立てない、家に籠もって姿を隠す、といったような「お忌み」をする。これはまさに、荒々しい神々に自分の存在を知られないようにする行為ではないか。息を潜めて、神々が通り過ぎるのを待つ。

そして、一定期間が過ぎると「神等去出《からさで》」していただく。その時、海は大時化、一日中暴風雨に襲われるが、何が何でも帰っていただく。一柱の神たりとも、残られては困るからだ。

その後、ようやく出雲の人々は日常の生活に戻ることができる。

まさにこれは「神荒」ではないのか……。

私たちが、そんな神々——目に見えぬモノを信じなくなってしまってから、どれくらいの時が過ぎたのだろう。

敢えて、意識的にそうすることで、ある種の恐怖から解放されようとし、わずかではあるが実際に恐れを克服した。ところが、そこに存在しているモノは、今も相変わらず厳然としてあるのだ。

それは今、こうして私の手の中にある、鮮やかな朱色のつげの櫛ほど確かな実在だ。櫛は、神と私たちの世界との橋渡しをしてくれる呪具であることは疑う余地がないし、現代も、そのことに気づいている人々も少なくはない。

だが、櫛が「何故」呪具となったのか？

そこに思いを馳《は》せる人間は、おそらく誰もいない。

怨霊神の悲しい思いに寄り添おうという人間は、一人としていないのだ。私は、それが悲しい……。

　しかし。

　もう私にとっても、そんなことはどうでも良いことになった。

　私は、一番お気に入りの櫛を、強く握りしめる。

　本当は、私がしたように誰かから手渡されたかった。でも私は、一番そうして欲しかった陽子を、自らの手で黄泉送りにしてしまったのだ。

　悲しいけれど、仕方ない。

　でも、淋しくはない。

　間違いなく陽子は、まだ黄泉国にいる。早く彼女に追いつかなくては。きっと笑顔で迎えてくれる。

　私は手の中の櫛に視線を落とすと、静かに微笑んだ。

参考文献

『古事記』次田真幸全訳注／講談社
『日本書紀』坂本太郎・家永三郎・井上光貞・大野晋校注／岩波書店
『続日本紀』宇治谷孟全現代語訳／講談社
『続日本後紀』森田悌全現代語訳／講談社
『万葉集』中西進校注／講談社
『徒然草』西尾実・安良岡康作校注／岩波書店
『風土記』武田祐吉編／岩波書店
『出雲国風土記』荻原千鶴全訳注／講談社
『出雲国風土記探訪』加茂栄三／松江今井書店
『解説　出雲国風土記』島根県教育委員会
『出雲神話の誕生』鳥越憲三郎／講談社
『〈出雲〉という思想』原武史／講談社
『出雲と大和』村井康彦／岩波書店
『伊勢と出雲』岡谷公二／平凡社

『古代出雲を歩く』平野芳英／岩波書店
『日本伝奇伝説大事典』乾克己・小池正胤・志村有弘・高橋貢・鳥越文蔵編／角川書店
『隠語大辞典』木村義之・小出美河子編／皓星社
『鬼の大事典』沢史生／彩流社
『図説　古代出雲と風土記世界』瀧音能之編／河出書房新社
『山陰の神々　神々と出会う旅』山陰の神々刊行会
『山陰の神々　古社を訪ねて』山陰の神々刊行会
「出雲國神仏霊場　公式ガイドブック」出雲の国「社寺縁座の会」
「島根県立古代出雲歴史博物館　展示ガイド」島根県立古代出雲歴史博物館
「和鋼博物館　総合案内」和鋼博物館
「鉄人伝説・鍛冶神の身体」金屋子神話民俗館
「絵図に表わされた製鉄・鍛冶の神像」金屋子神話民俗館
「荒神谷遺跡と加茂岩倉遺跡」島根県簸川郡斐川町
「日本の神々と祭り」歴史民俗博物館振興会
『空の名前』高橋健司／角川書店

この作品は完全なるフィクションであり、
実在する個人名・団体名・地名等が登場することに関し、
それら個人等について論考する意図は全くないことを
ここにお断り申し上げます。

談社文庫）
『軍神の血脈　楠木正成秘伝』
（講談社単行本、講談社文庫）
『毒草師　白蛇の洗礼』
『QED　憂曇華《うどんげ》の時』
『古事記異聞　オロチの郷、奥出雲』
『古事記異聞　京の怨霊、元出雲』
『古事記異聞　鬼統べる国、大和出雲』
『試験に出ないQED異聞　高田崇史短編集』
（以上、講談社ノベルス）
『毒草師　パンドラの鳥籠』
（朝日新聞出版単行本、新潮文庫）
『七夕の雨闇　毒草師』
（新潮社単行本、新潮文庫）
『卑弥呼の葬祭　天照暗殺』
（新潮社単行本、新潮文庫）
『源平の怨霊　小余綾《こゆるぎ》俊輔の最終講義』
（講談社単行本）

《高田崇史著作リスト》

『QED　百人一首の呪《しゅ》』
『QED　六歌仙の暗号』
『QED　ベイカー街の問題』
『QED　東照宮の怨《えん》』
『QED　式の密室』
『QED　竹取伝説』
『QED　龍馬暗殺』
『QED ～ventus～　鎌倉の闇《くらやみ》』
『QED　鬼の城伝説』
『QED ～ventus～　熊野の残照』
『QED　神器封殺』
『QED ～ventus～　御霊将門』
『QED　河童伝説』
『QED ～flumen～　九段坂の春』
『QED　諏訪の神霊』
『QED　出雲神伝説』
『QED　伊勢の曙光』
『QED ～flumen～　ホームズの真実』
『QED ～flumen～　月夜見《つくよみ》』
『QED ～ortus～　白山の頻闇《しきやみ》』
『毒草師　QED Another Story』
『試験に出るパズル』
『試験に敗けない密室』
『試験に出ないパズル』
『パズル自由自在』
『化けて出る』
『麿の酩酊事件簿　花に舞』
『麿の酩酊事件簿　月に酔』
『クリスマス緊急指令』
『カンナ　飛鳥の光臨』
『カンナ　天草の神兵』
『カンナ　吉野の暗闘』
『カンナ　奥州の覇者』
『カンナ　戸隠の殺皆』
『カンナ　鎌倉の血陣』
『カンナ　天満の葬列』
『カンナ　出雲の顕在』
『カンナ　京都の霊前』
『鬼神伝　龍の巻』
『神の時空　鎌倉の地龍』
『神の時空　倭の水霊』
『神の時空　貴船の沢鬼』
『神の時空　三輪の山祇』
『神の時空　嚴島の烈風』
『神の時空　伏見稲荷の轟雷』
『神の時空　五色不動の猛火』
『神の時空　京の天命』
『神の時空　前紀　女神の功罪』
『古事記異聞　鬼棲む国、出雲』
（以上、講談社ノベルス、講談社文庫）
『鬼神伝　鬼の巻』
『鬼神伝　神の巻』
（以上、講談社ミステリーランド、講

●この作品は、二〇一八年六月に、講談社ノベルスとして刊行されたものです。

|著者| 高田崇史　昭和33年東京都生まれ。明治薬科大学卒業。『ＱＥＤ　百人一首の呪』で、第９回メフィスト賞を受賞し、デビュー。歴史ミステリを精力的に書きつづけている。近著は『源平の怨霊　小余綾《こゆるぎ》俊輔の最終講義』『QED　憂曇華《うどんげ》の時』『古事記異聞　鬼統べる国、大和出雲』など。

鬼《おに》棲《す》む国《くに》、出雲《いずも》　古事記異聞《こじきいぶん》

高田崇史《たかだたかふみ》

講談社文庫

定価はカバーに
表示してあります

2021年１月15日第１刷発行

発行者――渡瀬昌彦
発行所――株式会社　講談社
東京都文京区音羽2-12-21　〒112-8001
電話　出版（03）5395-3510
　　　販売（03）5395-5817
　　　業務（03）5395-3615

デザイン―菊地信義
本文データ制作―講談社デジタル製作
印刷―――豊国印刷株式会社
製本―――株式会社国宝社

Printed in Japan

ISBN978-4-06-521913-3

講談社文庫刊行の辞

二十一世紀の到来を目睫に望みながら、われわれはいま、人類史上かつて例を見ない巨大な転換期をむかえようとしている。

世界も、日本も、激動の予兆に対する期待とおののきを内に蔵して、未知の時代に歩み入ろうとしている。このときにあたり、創業の人野間清治の「ナショナル・エデュケイター」への志を現代に甦らせようと意図して、われわれはここに古今の文芸作品はいうまでもなく、ひろく人文・社会・自然の諸科学から東西の名著を網羅する、新しい綜合文庫の発刊を決意した。

激動の転換期はまた断絶の時代である。われわれは戦後二十五年間の出版文化のありかたへの深い反省をこめて、この断絶の時代にあえて人間的な持続を求めようとする。いたずらに浮薄な商業主義のあだ花を追い求めることなく、長期にわたって良書に生命をあたえようとつとめるところにしか、今後の出版文化の真の繁栄はあり得ないと信じるからである。

同時にわれわれはこの綜合文庫の刊行を通じて、人文・社会・自然の諸科学が、結局人間の学にほかならないことを立証しようと願っている。かつて知識とは、「汝自身を知る」ことにつきていた。現代社会の瑣末な情報の氾濫のなかから、力強い知識の源泉を掘り起し、技術文明のただなかに、生きた人間の姿を復活させること。それこそわれわれの切なる希求である。

われわれは権威に盲従せず、俗流に媚びることなく、渾然一体となって日本の「草の根」をかたちづくる若く新しい世代の人々に、心をこめてこの新しい綜合文庫をおくり届けたい。それは知識の泉であるとともに感受性のふるさとであり、もっとも有機的に組織され、社会に開かれた万人のための大学をめざしている。大方の支援と協力を衷心より切望してやまない。

一九七一年七月

野間省一

講談社文庫 最新刊

石田衣良
初めて彼を買った日
「娼年」シリーズのプレストーリーとなる表題作を含む8編を収めた、魅惑の短編集！

平尾誠二・惠子
山中伸弥
友情
〈平尾誠二と山中伸弥「最後の約束」〉
親友・山中伸弥と妻による平尾誠二のがん闘病記。「僕は山中先生を信じると決めたんや」

有沢ゆう希
原作：金田一蓮十郎
脚本：徳永友一
小説 ライアー×ライアー
義理の弟が恋したのは、JKのフリした〝私〟？　2人なのに三角関係な新感覚ラブストーリー！

岡本さとる
駕籠屋《かごや》春秋　新三《しんざ》と太十《たじゅう》
悩めるお客に美男の駕籠舁《か》き二人が一肌脱いで……。人情と爽快感が溢れる時代小説開幕！

高田崇史
鬼棲む国、出雲
〈古事記異聞〉
出雲神話に隠された、教科書に載らない「敗者の歴史」を描く歴史ミステリー新シリーズ。

神楽坂　淳
帰蝶さまがヤバい　1
斎藤道三の娘・帰蝶が、自ら織田信長に嫁ぐことを決めた。新機軸・恋愛歴史小説！

斎藤千輪
神楽坂つきみ茶屋
〈禁断の盃《さかずき》と絶品江戸レシピ〉
幼馴染に憑《つ》いたのは、江戸時代の料理人!?　面白さ天下一品の絶品グルメ小説シリーズ、開幕！

本多孝好
チェーン・ポイズン
〈新装版〉
「その自殺、一年待ってくれませんか？」生きる意味を問いかける、驚きのミステリー。

横関　大
炎上チャンピオン
元プロレスラーが次々と襲撃される謎の事件に、夢を失っていた中年男が立ち上がる！

講談社文芸文庫

坪内祐三
慶応三年生まれ　七人の旋毛《つむじ》曲り
漱石・外骨・熊楠・露伴・子規・紅葉・緑雨とその時代
解説=森山裕之　年譜=佐久間文子

幕末動乱期、同じ年に生を享けた漱石、外骨、熊楠、露伴、子規、紅葉、緑雨。膨大な文献を読み込み、咀嚼し、明治前期文人群像を自在な筆致で綴った傑作評論。

978-4-06-522275-1
つL1

十返　肇
「文壇」の崩壊
坪内祐三編
解説=坪内祐三　年譜=編集部

昭和という激動の時代の文学の現場に、生き証人として立ち会い続けた希有なる評論家、十返肇——。今なお先駆的かつ本質的な、知られざる豊饒の文芸批評群。

978-4-06-290307-3
とJ1

田中芳樹 編訳 岳 飛 伝(五)〈凱歌篇〉
高田文夫 TOKYO芸能帖〈1981年のビートたけし〉
髙村 薫 李歐《りおう》
髙村 薫 マークスの山(上)(下)
髙村 薫 照 柿(上)(下)
多和田葉子 犬 婿 入 り
多和田葉子 尼僧とキューピッドの弓
多和田葉子 献 灯 使
高田崇史 QED〈百人一首の呪《しゅ》〉
高田崇史 QED〈六歌仙の暗号〉
高田崇史 QED〈ベイカー街の問題〉
高田崇史 QED〈東照宮の怨〉
高田崇史 QED〈式の密室〉
高田崇史 QED〈竹取伝説〉
高田崇史 QED〈龍馬暗殺〉
高田崇史 QED ~ventus~〈鎌倉の闇〉
高田崇史 QED〈鬼の城伝説〉
高田崇史 QED ~ventus~〈熊野の残照〉
高田崇史 QED〈神器封殺〉

高田崇史 QED ~ventus~〈御霊将門〉
高田崇史 QED ~flumen~〈九段坂の春〉
高田崇史 QED〈諏訪の神霊〉
高田崇史 QED〈出雲神伝説〉
高田崇史 QED〈伊勢の曙光《あけぼの》〉
高田崇史 QED ~flumen~〈ホームズの真実〉
高田崇史 毒 草 師〈QED Another Story〉
高田崇史 QED〈~flumen~月夜見〉
高田崇史 QED〈~ortus~白山の頻闇〉
高田崇史 試験に出るパズル〈千葉千波の事件日記〉
高田崇史 試験に敗けない密室〈千葉千波の事件日記〉
高田崇史 試験に出ないパズル〈千葉千波の事件日記〉
高田崇史 パズル自由自在〈千葉千波の事件日記〉
高田崇史 化 け て 出 る〈千葉千波の怪奇日記〉
高田崇史 麿の酩酊事件簿〈花に舞〉
高田崇史 麿の酩酊事件簿〈月に酔〉
高田崇史 クリスマス緊急指令〈~きよしこの夜、事件は起こる!~〉
高田崇史 カンナ 飛鳥の光臨
高田崇史 カンナ 天草の神兵

高田崇史 カンナ 吉野の暗闘
高田崇史 カンナ 奥州の覇者
高田崇史 カンナ 戸隠の殺皆
高田崇史 カンナ 鎌倉の血陣
高田崇史 カンナ 天満の葬列
高田崇史 カンナ 出雲の顕在
高田崇史 カンナ 京都の霊前
高田崇史 軍 神 の 血 脈〈楠木正成秘伝〉
高田崇史 神の時空《とき》 鎌倉の地龍
高田崇史 神の時空 倭《やまと》の水霊
高田崇史 神の時空 貴船の沢鬼
高田崇史 神の時空 三輪《みわ》の山祇《やまつみ》
高田崇史 神の時空 嚴島《いつくしま》の烈風
高田崇史 神の時空 伏見稲荷の轟雷
高田崇史 神の時空 五色不動の猛火
高田崇史 神の時空 京の天命
高田崇史 神の時空 前 紀〈女神の功罪〉
団 鬼六 悦 楽 王〈鬼プロ繁盛記〉
高野和明 13 階 段

講談社文庫 目録

富樫倫太郎 風の如く 高杉晋作篇
富樫倫太郎 スカーフェイス〈警視庁特別捜査第三係・淵神律子〉
富樫倫太郎 スカーフェイスII デッドリミット〈警視庁特別捜査第三係・淵神律子〉
富樫倫太郎 スカーフェイスIII ブラッドライン〈警視庁特別捜査第三係・淵神律子〉
豊田 巧 警視庁鉄道捜査班〈鉄血の警視〉
豊田 巧 警視庁鉄道捜査班〈鉄路の牢獄〉
夏樹静子 新装版 二人の夫をもつ女
中井英夫 新装版 虚無への供物(上)(下)
中島らも 僕にはわからない
中島らも 今夜、すべてのバーで〈新装版〉
鳴海 章 フェイスブレイカー
鳴海 章 謀略航路
鳴海 章 全能兵器AiCO《アイコ》
中嶋博行 ホカベン ボクたちの正義
中嶋博行 新装版 検察捜査
中嶋博行 新検察捜査
中村天風 運命を拓く〈天風瞑想録〉
中山康樹 ジョン・レノンから始まるロック名盤
梨屋アリエ でりばりぃAge

梨屋アリエ ピアニッシシモ
中島京子 妻が椎茸だったころ
中島京子ほか 黒い結婚 白い結婚
奈須きのこ 空の境界(上)(中)(下)
中村彰彦 乱世の名将 治世の名臣
長野まゆみ 簞笥のなか
長野まゆみ レモンタルト
長野まゆみ チマチマ記
長野まゆみ 冥途あり
長野まゆみ 45°〈ここだけの話〉
長嶋 有 夕子ちゃんの近道
長嶋 有 佐渡の三人
永嶋恵美 擬態
永井 均 内田かずひろ 絵 子どものための哲学対話
なかにし礼 戦場のニーナ
なかにし礼 生きる力〈心でがんに克《か》つ〉
なかにし礼 夜の歌(上)(下)
中村文則 最後の命
中村文則 悪と仮面のルール

編/解説 中田整一 真珠湾攻撃総隊長の回想〈淵田美津雄自叙伝〉
中村江里子 女四世代、ひとつ屋根の下
中野美代子 カスティリオーネの庭
中野孝次 すらすら読める方丈記
中野孝次 すらすら読める徒然草
中山七里 贖罪の奏鳴曲《ソナタ》
中山七里 追憶の夜想曲《ノクターン》
中山七里 恩讐の鎮魂曲《レクイエム》
中山七里 悪徳の輪舞曲《ロンド》
長島有里枝 背中の記憶
長浦 京 赤《セキ》刃《ジン》
長浦 京 リボルバー・リリー
中脇初枝 世界の果てのこどもたち
中脇初枝 神の島のこどもたち
中村ふみ 天空の翼 地上の星
中村ふみ 砂の城 風の姫
中村ふみ 月の都 海の果て
中村ふみ 雪の王 光の剣
中村ふみ 永遠《とわ》の旅人 天地の理《ことわり》

講談社文庫　目録

講談社文庫　目録

講談社文庫　目録

講談社文庫 目録

樋口卓治　ボクの妻と結婚してください。
樋口卓治　続・ボクの妻と結婚してください。
樋口卓治　もう一度、お父さんと呼んでくれ。
樋口卓治　「ファミリーラブストーリー」
樋口卓治　喋る男
平山夢明　魂《たま》豆《どう》腐《ふ》〈大江戸怪談どたんばたん（土壇場譚）〉
東川篤哉　純喫茶「一服堂」の四季
東山彰良　流《りゅう》
東山彰良　女の子のことばかり考えていたら、1年が経っていた。
樋口直哉　偏差値68の目玉焼き〈星ヶ丘高校料理部〉
平田研也　小さな恋のうた
日野草　ウェディング・マン
藤沢周平　新装版 春秋の檻〈獄医立花登手控え㈠〉
藤沢周平　新装版 風雪の檻〈獄医立花登手控え㈡〉
藤沢周平　新装版 愛憎の檻〈獄医立花登手控え㈢〉
藤沢周平　新装版 人間の檻〈獄医立花登手控え㈣〉
藤沢周平　新装版 闇の歯車
藤沢周平　新装版 市塵 (上)(下)
藤沢周平　新装版 決闘の辻

藤沢周平　新装版 雪明かり
藤沢周平　義民が駆ける〈レジェンド歴史時代小説〉
藤沢周平　喜多川歌麿女絵草紙
藤沢周平　闇の梯子
藤沢周平　長門守の陰謀
船戸与一　新装版 カルナヴァル戦記
藤田宜永　樹下の想い
藤田宜永　女系の総督
藤田宜永　血の弔旗
藤田宜永　大雪物語
藤水名子　紅嵐記 (上)(中)(下)
藤原伊織　テロリストのパラソル
藤本ひとみ　新・三銃士 少年編・青年編〈ダルタニャンとミラディ〉
藤本ひとみ　皇妃エリザベート
福井晴敏　亡国のイージス (上)(下)
福井晴敏　川の深さは
福井晴敏　終戦のローレライ I～IV
藤原緋沙子　遠花火〈見届け人秋月伊織事件帖〉
藤原緋沙子　春《はる》疾《はや》風《て》〈見届け人秋月伊織事件帖〉

藤原緋沙子　暖《ぬく》鳥《どり》〈見届け人秋月伊織事件帖〉
藤原緋沙子　霧の路《みち》〈見届け人秋月伊織事件帖〉
藤原緋沙子　鳴《なる》子《こ》守《もり》〈見届け人秋月伊織事件帖〉
藤原緋沙子　夏ほたる〈見届け人秋月伊織事件帖〉
藤原緋沙子　笛吹川〈見届け人秋月伊織事件帖〉
藤原緋沙子　青《せい》嵐《らん》〈見届け人秋月伊織事件帖〉
椹野道流　亡羊の嘆〈鬼籍通覧〉
椹野道流　新装版 暁天の星〈鬼籍通覧〉
椹野道流　新装版 無《む》明《みょう》の闇〈鬼籍通覧〉
椹野道流　新装版 壺《こ》中《ちゅう》の天〈鬼籍通覧〉
椹野道流　新装版 隻《せき》手《しゅ》の声〈鬼籍通覧〉
椹野道流　新装版 禅《ぜん》定《じょう》の弓〈鬼籍通覧〉
椹野道流　池《ち》魚《ぎょ》の殃《わざわい》〈鬼籍通覧〉
椹野道流　南《なん》柯《か》の夢〈鬼籍通覧〉
深水黎一郎　世界で一つだけの殺し方
深水黎一郎　ミステリー・アリーナ
深水黎一郎　倒叙の四季〈破られた完全犯罪〉
藤谷治　花や今宵の
古市憲寿　働き方は「自分」で決める

講談社文庫 目録

船瀬俊介 かんたん「1日1食」!!〈万病が治る! 20歳若返る!〉
二上 剛 黒薔薇 刑事課強行犯係 神木恭子
二上 剛 ダーク・リバー〈暴力犯係長 葛城みずき〉
古野まほろ 身元《ジェーン》不明《・ドウ》〈特殊殺人対策官 箱崎ひかり〉
古野まほろ 陰陽少女
古野まほろ 禁じられたジュリエット
藤崎 翔 時間を止めてみたんだが
藤井邦夫 大江戸閻魔帳《えんまちょう》
藤井邦夫 三つの顔〈大江戸閻魔帳(二)〉
藤井邦夫 渡世人〈大江戸閻魔帳(三)〉
藤井邦夫 笑う女〈大江戸閻魔帳(四)〉
福澤徹三 糸《し》柳寿《とし》昭《あき》 忌《い》み地〈怪談社奇聞録〉
福澤徹三 糸柳寿昭 忌《い》み地 弐〈怪談社奇聞録〉
辺見 庸 抵抗論
星 新一 エヌ氏の遊園地
星 新一編 ショートショートの広場①~⑨
本田靖春 不当逮捕
保阪正康 昭和史 七つの謎
堀江敏幸 熊の敷石
本格ミステリ作家クラブ編 子ども狼ゼミナール〈本格短編ベスト・セレクション〉
本格ミステリ作家クラブ編 ベスト本格ミステリ TOP5〈短編傑作選001〉
本格ミステリ作家クラブ編 ベスト本格ミステリ TOP5〈短編傑作選002〉
本格ミステリ作家クラブ編 ベスト本格ミステリ TOP5〈短編傑作選003〉
本格ミステリ作家クラブ編 ベスト本格ミステリ TOP5〈短編傑作選004〉
本格ミステリ作家クラブ選・編 本格王2019
本格ミステリ作家クラブ選・編 本格王2020
星野智幸 夜は終わらない(上)(下)
本多孝好 君の隣に
穂村 弘 整形前夜
穂村 弘 ぼくの短歌ノート
堀川アサコ 幻想郵便局
堀川アサコ 幻想映画館
堀川アサコ 幻想日記店
堀川アサコ 幻想探偵社
堀川アサコ 幻想温泉郷
堀川アサコ 幻想短編集
堀川アサコ 幻想寝台車
堀川アサコ 幻想蒸気船
堀川アサコ 大奥の座敷童子
堀川アサコ おちゃっぴい〈大江戸八百八〉
堀川アサコ 月下におくる(上)(下)〈沖田総司青春録〉
堀川アサコ 芳《ほう》一《いち》
堀川アサコ 月夜彦
堀川アサコ 魔法使ひ
本城雅人 境界〈横浜中華街・潜伏捜査〉
本城雅人 スカウト・デイズ
本城雅人 スカウト・バトル
本城雅人 嗤うエース
本城雅人 贅沢のススメ
本城雅人 誉れ高き勇敢なブルーよ
本城雅人 シューメーカーの足音
本城雅人 ミッドナイト・ジャーナル
本城雅人 紙の城
本城雅人 監督の問題
本城雅人 去り際のアーチ〈もう一打席!〉
堀川惠子 裁かれた命〈死刑囚から届いた手紙〉
堀川惠子 死刑の基準〈「永山裁判」が遺したもの〉

2020年12月15日現在